CARÈNE PONTE

VOUS REPRENDREZ BIEN UN PEU DE MAGIE POUR NOËL ?

fleuve
ÉDITIONS

Chansons citées dans l'ouvrage :

« La patrouille des éléphants », 1966, Wonderland Music Company Inc., auteurs-compositeurs Richard M. et Robert B. Sherman, interprète : Pierre Marret, adaptation française : Louis Sauvat et Christian Jollet.

« White Christmas », 1942, Decca, auteur-compositeur : Irving Berlin, interprète : Bing Crosby.

« San Francisco », 1972, Polydor, auteur-compositeur-interprète : Maxime Le Forestier.

Films cités dans l'ouvrage :

Sissi impératrice : 1956, produit par Karl Ehrlich, réalisé par Ernst Marischka.

Publié avec l'accord de Librinova

ISBN : 978-2-265-15561-9

Dépôt légal : novembre 2021

À Romina,
Je souhaite à tous les auteurs
d'avoir une lectrice comme toi dans leur vie.
Ne change rien, tu es parfaite.

1997
JEUDI 25 DÉCEMBRE

1

Victoria

— Victoria, Victoria ! réveille-toi !! Il est déjà tard, le Père Noël est passé ! Je suis sûr que je l'ai entendu cette nuit, pas toi ?

Spencer, mon petit frère âgé de sept ans vient de débarquer en trombe dans ma chambre, surexcité, et de sauter sur mon lit, alors qu'il sait que je déteste quand il fait ça.

— Humpfff, grommelé-je en enfouissant un peu plus ma tête dans l'oreiller, laisse-moi dormir encore un peu. Les cadeaux ne vont pas s'envoler.

— Mais, il est plus de 9 heures ! Ça fait mille heures que moi et Thomas on est réveillés.

— On dit Thomas et moi.

J'ouvre un œil et aperçois mon autre frère – Thomas, neuf ans – qui attend, appuyé sur le chambranle de la porte. En voilà au moins un qui a compris qu'il n'avait pas le droit de rentrer dans ma chambre sans autorisation.

— Papa et maman aiment pas quand on se lève tard, commence Thomas. Tu sais ce que papa dit toujours…

— Oui, je sais ce que papa dit toujours, je le coupe en grognant.

Que l'avenir appartient aux gens qui se lèvent tôt, que chez les Delmas on ne perd pas son temps au lit…

Mais peut-être qu'on ne ruine pas complètement son avenir si une fois dans l'année, une seule, on traîne sous la couette jusque 9 h 30 ? On est le 25 décembre après tout !

Et puis d'abord, pourquoi sont-ils si pressés de descendre au salon pour ouvrir les cadeaux ? Spence encore, je veux bien. Il n'a que sept ans et croit visiblement encore au Père Noël, cette année. Mais de la part de Thomas, je ne comprends pas.

De toute façon, je sais déjà que je vais avoir un ordinateur. J'ai vu papa rentrer avec le carton l'autre jour. C'est pas que je ne suis pas contente ; un ordinateur c'est un très beau cadeau, je vais pouvoir faire plein de choses avec. Tout le monde n'a pas la chance de recevoir des cadeaux aussi chers. L'année dernière, Aurélie, une fille de ma classe, a juste reçu un coffret de cassettes vidéo et une boîte de chocolats pour Noël. Alors, un ordinateur, c'est vraiment bien…

Spencer continue de m'implorer du regard.

— C'est bon, je viens !

— Ouais, cool ! s'enthousiasme-t-il. J'espère que le Père Noël m'a apporté ce que je voulais le plus, dit-il, plein d'espoir, en descendant de mon lit.

D'un brusque mouvement de jambes, je repousse ma couette à carreaux vichy noir et je suis aussitôt saisie par le froid qui règne dans la pièce. Je ne mets quasiment jamais de chauffage, pour le plaisir de me réchauffer sous les draps. Je cherche à glisser mes pieds dans mes chaussons que je laisse d'habitude au pied de mon lit, avant de me souvenir qu'ils sont, pour la seule fois de l'année, sous le sapin. C'est donc pieds nus que je me lève pour enfiler ma robe de chambre. C'est un cadeau que j'ai eu pour mon anniversaire, elle est brodée avec mes initiales. « L'ambition d'une personne se mesure au nombre d'objets gravés qu'elle possède », m'a affirmé papa lorsque j'ai ouvert le paquet. Rien de tel sans doute qu'une robe de chambre qu'on enfile par-dessus son pyjama dès le saut du lit pour se construire un avenir ambitieux.

Une fois prête, j'emboîte le pas à Thomas. Spencer, lui, ne nous a pas attendus.

Nos parents sont installés dans le salon, déjà habillés. Papa est assis sur le canapé, une tasse de café fumante à la main. Maman a pris place sur son fauteuil préféré, celui avec lequel elle peut allonger ses jambes.

— Eh bien, les enfants, nous commencions à nous inquiéter ! nous accueille papa avec un sourire.

— C'est Victoria, se lamente aussi sec Spencer, elle ne voulait pas se lever ! Est-ce qu'on peut ouvrir les cadeaux ? demande-t-il, impatient.

— Commencez par prendre votre petit déjeuner, lui répond maman. Je vous ai fait des gaufres, elles sont toutes chaudes dans la cuisine. Les cadeaux ne vont pas s'envoler, ajoute-t-elle avant de rire, devant le regard dépité de Spencer. N'oubliez pas de vous servir un grand verre de jus d'orange fraîchement pressé, il faut faire le plein de vitamines en cette période de l'année, pour ne pas laisser les microbes gagner trop facilement la bataille.

Nous nous dirigeons tous les trois vers la cuisine, où règne une odeur alléchante qui fait gargouiller mon estomac. Comme chaque matin, la table est déjà dressée. Maman prépare toujours un maximum de choses en avance la veille au soir. Il y a nos trois assiettes, des verres, une pleine carafe de jus d'orange fraîchement pressé, un plat rempli de gaufres et recouvert d'une cloche pour que ça ne refroidisse pas, plusieurs sortes de confitures et un pot de pâte à tartiner.

Spencer attrape aussitôt une gaufre qu'il tartine de confiture de fraise, et vu la rapidité avec laquelle il l'enfourne dans sa bouche, on croirait qu'il n'a pas mangé depuis des semaines.

— Prends le temps de mâcher, après tu vas te plaindre d'avoir mal au ventre ! je lui lance avant de m'asseoir et de disposer deux gaufres dans mon assiette – une pour la confiture, et l'autre pour la pâte à tartiner.

— Plus vite j'aurai mangé, plus vite je pourrai aller ouvrir les cadeaux ! me rétorque-t-il, la bouche pleine.

— Ça sert à rien, tu sais bien que papa et maman veulent qu'on ouvre nos cadeaux tous les trois ensemble, lui dit Thomas en entamant une gaufre, à son tour. Donc ça sert à rien de te dépêcher de manger, de toute façon tu vas devoir nous attendre, ajoute-t-il en me jetant un regard entendu.

— Oui, et nous, on compte bien prendre tout notre temps et savourer chaque bouchée ! je surenchéris en étalant ma confiture à la vitesse d'un escargot.

— Vous êtes pas sympas ! se lamente aussitôt Spencer d'une voix boudeuse avant de croiser les bras et de baisser la tête.

Thomas et moi nous regardons, avant d'éclater de rire.

Une demi-heure plus tard, après la dizaine de gaufres englouties et la carafe de jus d'orange vidée, nous retrouvons nos parents, toujours assis à leurs places respectives. Maman feuillette un magazine de cuisine, un stylo à la main. Elle entoure les recettes qui lui plaisent et qu'elle nous fera tester à l'occasion. Papa, lui, est plongé dans son journal financier, qu'il lit toujours de la première à la dernière page. Le délicieux parfum d'une bougie à la cannelle – sans doute allumée par maman pendant que nous prenions notre petit déjeuner – a embaumé la pièce.

— Maintenant que vous avez le ventre plein, nous dit-elle avec le sourire, vous pouvez déballer vos paquets.

Il n'en faut pas plus à Spencer pour se précipiter vers ceux disposés autour de sa paire de chaussons, garnie par ailleurs de chocolats, de clémentines et de friandises.

Je prends le temps d'admirer une dernière fois notre sapin de Noël. Je sais qu'il sera démonté et rangé dans son carton d'ici ce soir. Si maman aime commencer à décorer la maison dès le 1er décembre, en revanche, elle ne veut pas que cela s'éternise au-delà du 25. « Passé Noël, ce n'est plus Noël », comme elle aime à le répéter. C'est pour cette raison qu'elle a opté pour un arbre en plastique. C'est plus pratique.

Il est joli notre sapin, et bien décoré, comme dans les livres de maman. Toutes les boules ont été placées avec soin et scintillent grâce aux guirlandes lumineuses. Dommage qu'il ne sente rien…

Tous les ans, le 1er décembre, maman décore toute la maison pendant qu'on est à l'école et, quand on rentre le soir, tout est installé.

À mon tour je me dirige vers mes pantoufles et les paquets qui sont entreposés derrière. Je commence par déballer les petits, j'y découvre des livres d'histoire et quelques romans à la reliure rigide, *Les Misérables* de Victor Hugo ou *Le Comte de Monte-Cristo* d'Alexandre Dumas. Il y a également un nouveau radioréveil – le mien ne fonctionnait plus depuis plusieurs semaines –, un jeu d'échecs, un pyjama et une belle écharpe en cachemire bleu. Alors que je caresse la douce étoffe, je me souviens de cet après-midi où maman m'a traînée faire les boutiques. Dans l'une d'elles, j'avais flashé sur ce modèle, mais dans un coloris différent, le jaune. « Le bleu sera plus assorti à ton manteau », m'avait dit maman.

Je repose l'écharpe dans sa jolie boîte et tire le dernier paquet – le plus gros – vers moi. Je devine l'impatience de papa dans mon dos.

— Oh, un ordinateur ! m'exclamé-je une fois le carton ouvert, feignant la surprise.

— Ça te plaît ? s'enquiert aussitôt mon père, son visage trahissant sa fierté de m'offrir ce cadeau. Tu vas pouvoir faire des tas de choses avec cet ordinateur. Ça te sera très utile pour préparer tes exposés. J'en ai discuté avec ta mère, et nous allons essayer de souscrire un abonnement à Internet. Il paraît que c'est un puits sans fond pour renforcer ses connaissances.

— T'as trop de la chance…, murmure Thomas, envieux, un plateau de jeu de dames dans les mains. Tu me le prêteras ?

— Eh bien, le Père Noël aura été une fois encore très généreux cette année ! s'exclame ma mère alors qu'elle commence à rassembler les morceaux de papier arrachés pour les jeter à la poubelle. Qu'est-ce que vous diriez de déguster une bonne dinde aux marrons ce midi ?

— Avec de la purée ? s'enquiert Spencer. Et tu pourras faire un petit volcan pour la sauce ?

— Va pour le petit volcan, lui répond maman, amusée, en lui ébouriffant les cheveux.

Oui, le Père Noël a été généreux, pensé-je en regardant mon ordinateur. Mais, ce que je voulais vraiment, moi, c'était un micro karaoké. Pour chanter dans ma chambre. Sauf qu'un micro, ça n'instruit personne et ça ne sert à rien. Et papa dit qu'offrir un cadeau qui n'est pas utile, ça revient à jeter l'argent par les fenêtres.

2
Dakota

Assise bien au chaud sous un plaid épais et moelleux, je n'attends qu'une seule chose : qu'il lance le signal de départ ! Hue Comète, hue Fringant, hue Rudolphe ! Dans son beau costume, le Père Noël est à côté de moi, tout près. Quand il me regarde, j'ai l'impression que mon cœur se remplit de chocolat chaud. Il a l'air si gentil et il sent le cookie tout juste sorti du four. Je m'attends à ce qu'il ordonne aux rennes d'avancer et que le traîneau s'ébranle dans un sursaut, mais au lieu de ça il se tourne vers moi et me dit :

— Dakota ! Dakota ! Réveille-toi, il est plus de 9 heures !

Quoi… Hein ? J'ouvre un œil et ce n'est plus le Père Noël qui se tient à côté de moi, mais mon petit frère, Austin. Il déteste quand je précise qu'il est plus jeune que moi étant donné que nous avons à peine un an d'écart. Mais c'est un fait : il est le petit frère et je suis la grande sœur. Et ça ne changera pas !

— Allez, Dakota, lève-toi, je te dis qu'il est plus de 9 heures !

9 heures… 9 heures ?

— Mais pourquoi tu m'as laissée dormir aussi longtemps ? m'exclamé-je en me redressant dans mon lit.

— T'exagères, ça fait au moins une heure que j'essaie de te secouer, mais y avait rien à faire, tu ronflais comme c'est pas permis.

— C'est pas vrai, tu mens, je ne ronfle pas.

— Je te jure que si. Un jour, je prendrai l'enregistreur de Papou et je viendrai pendant la nuit. Tu verras si je mens.

Je m'apprête à lui répondre qu'il ne sait même pas se servir de l'enregistreur, mais ce serait perdre encore plus de temps. Il est plus de 9 heures et les cadeaux nous attendent au pied du sapin.

— Le dernier en bas a un gage ! je lance en me levant d'un bond et en me précipitant, pieds nus, dans le couloir.

Alors que je dévale les escaliers qui mènent à la salle à manger dans laquelle trône notre immense sapin de Noël, j'entends derrière moi Austin se plaindre du fait que je n'ai pas le droit de commencer la course sans avoir dit : « Un, deux, trois, partez. »

— Gagné ! m'exclamé-je alors que j'atteins la première la salle à manger. Ton gage, ce sera d'être mon esclave pendant toute une journée !

— C'est pas juste, tu as triché ! se plaint Austin, qui me rejoint quelques instants plus tard, hors d'haleine. Et puis, je suis pas d'accord pour refaire ton esclave. La dernière fois, tu m'as forcé à manger des friandises pour chiens, et j'ai vomi.

— C'était pour faire une expérience.

— T'as qu'à les faire sur toi, tes expériences ! Oh, tu as vu tous ces cadeaux ? s'exclame-t-il, ébahi, alors qu'il s'approche du sapin. Je crois qu'il y en a encore plus que l'année dernière !

Je m'approche et admire à mon tour l'amoncellement de cadeaux emballés dans divers papiers à motifs de Noël.

Le tas ferait presque paraître le sapin moins gigantesque. Cette année, Papou en a pris un tellement grand qu'il a fallu couper la cime pour le faire rentrer dans la pièce. Mounette a même dû acheter des décorations en plus. Je le trouve si beau, avec ses branches ployant sous le poids des boules et des guirlandes.

Chaque année, Austin et moi attendons avec impatience le 1er décembre. Quand nous rentrons de l'école, le sapin fraîchement rapporté par Papou trône tout nu dans la salle à manger, n'attendant que de revêtir ses plus beaux atours. Mounette descend du grenier les cartons contenant toutes les décorations, puis, pendant près d'une heure, chacun accroche ses boules préférées pour un résultat aussi coloré qu'époustouflant.

— Ça va nous prendre un peu de temps de tout monter à l'étage, il nous faudrait une sorte de chariot, déclare Austin d'un ton sérieux.

La tradition veut, en effet, que nous n'ouvrions pas les cadeaux assis par terre aux pieds du sapin, mais que nous les transportions dans la chambre de nos grands-parents afin de tout déballer sur leur lit. Quel que soit le nombre de paquets.

Commence alors la valse des allers-retours.

— Vous vous êtes enfin décidés à vous lever, nous accueille Mounette avec un grand sourire alors que nous déposons les premiers paquets sur le sol de la chambre.

Bien adossée sur ses oreillers, elle rayonne.

— Je suis debout depuis plus d'une heure, nous informe-t-elle. J'étais à deux doigts de descendre dans la cuisine taper sur une casserole avec une cuillère pour vous réveiller.

Bien qu'elle soit sous la couette, je devine aux effluves qui chatouillent mes narines qu'elle a pris le temps de se doucher et de se parfumer avant de réenfiler sa chemise de nuit et de se remettre au lit en attendant notre arrivée. Papou, lui, semble encore pour le moins endormi, mais son regard trahit malgré tout son impatience.

Une fois tous les paquets montés à l'étage, nous nous jetons dessus pour les déballer, sautant ensuite sur le lit de Mounette pour les lui faire admirer. Comme si elle ignorait leur contenu, elle feint d'être surprise et émerveillée en les découvrant. Même si Austin et moi ne croyons plus au Père Noël, aucun de nous ne le dit ouvertement.

En déchirant avec empressement les papiers cadeaux, je découvre plusieurs tomes des *Jumelles de Sun Valley* – une série que j'adore –, une paire de baskets aux semelles qui clignotent, une bouteille du parfum « Démon », une parure de lit, un CD de Jean-Jacques Goldman, un autre de Céline Dion, une compilation de Mickael Jackson que je voulais absolument, un baladeur, un super micro karaoké rose à paillettes et plusieurs jeux de société dont *Mon téléphone secret.*

— Le Père Noël a pensé à m'apporter *Mon téléphone secret* ! m'exclamé-je, folle de joie. Je le voulais trop ce jeu ! Tu feras une partie avec moi tout à l'heure, Mounette, hein ? Tu verras, il y a un téléphone qui parle et des cartes avec des indices qui te permettent de découvrir qui est ton admirateur secret. J'y ai joué avec Mélodie la dernière fois que je suis allée chez elle et on a trop rigolé. Son amoureux secret, il était trop moche.

— On fera autant de parties que tu voudras, ma chérie, me répond ma grand-mère.

Malgré le grand sourire qu'elle m'adresse, je vois bien à son regard qu'elle est triste. C'est le quatrième Noël que nous passons sans nos parents. Cela fait quatre ans qu'ils ont eu cet accident de voiture et qu'Austin et moi sommes venus vivre ici, dans la grande maison de mes grands-parents. Je sais que les fêtes de Noël sont difficiles pour Mounette. Sa fille lui manque et elle a de la peine pour nous.

Je pose mon jeu de société sur le boutis ouvragé qui protège les draps et je m'approche de ma grand-mère pour lui faire un câlin. Je niche ma tête au creux de son épaule et j'enroule autour de mes doigts une mèche de ses cheveux dont j'ai toujours admiré la douceur. À côté de nous, Austin et Papou s'amusent à rassembler des morceaux de papiers cadeaux avant de les jeter en l'air en criant : « Ho ! ho ! ho ! »

— Tu sais, je trouve que ce Noël est encore mieux que celui de l'année dernière ! dis-je à ma grand-mère.

— C'est vrai ? Est-ce que… est-ce que tu es heureuse ?

— Oui, je le suis.

Je ne mens pas. La plupart du temps, je suis heureuse. Papou et Mounette s'occupent très bien de nous. Je pense de moins en moins à papa et à maman. Parfois, j'ai même du mal à me rappeler le son de la voix de ma mère. Et si je n'avais pas une vieille bouteille de son parfum dans le tiroir de ma table de nuit, je ne me souviendrais même plus de son odeur.

Mais il y a aussi des jours plus difficiles. Des jours où je suis triste. Des soirs où je pleure dans mon lit. Et quand, comme aujourd'hui, je devine du chagrin dans les yeux de ma grand-mère, j'ai le cœur gros.

— J'ai une faim de loup ! s'exclame tout à coup Mounette. Et si on descendait ? Hier, j'ai préparé toute une fournée de cookies et de sablés et un grand pichet de chocolat ne demande qu'à être réchauffé.

— Oh oui, j'adore les cookies ! s'enthousiasme Austin. Et est-ce qu'on pourra regarder un dessin animé ensuite ?

— Noël sans dessin animé, ce ne serait pas Noël, lui répond Papou. J'ai bien l'intention de revoir *Le Livre de la jungle*, pour ma part.

Pour joindre le geste à la parole, il se lève d'un bond, à présent totalement réveillé, et commence à fredonner en mimant un pas lourd :

— « Une, deux, une, deux, la patrouille des éléphants s'achemine pesamment, la trompe en avant, les oreilles au vent… »

Austin se précipite derrière lui et tous les deux nous offrent une marche des éléphants qui nous fait éclater de rire.

— En route vers la cuisine ! Une, deux, une, deux ! entonne Papou.

Tous deux sortent de la chambre en file indienne et continuent à chanter dans le couloir.

— Si tu veux mon avis, mieux vaut ne pas traîner dans cette chambre si nous voulons avoir une chance de manger un sablé !

Nous nous levons donc toutes les deux. Je regarde Mounette mettre son peignoir préféré en satin parme, qu'elle a reçu en cadeau de mariage. Je saisis ensuite la main qu'elle me tend.

— Joyeux Noël, Dakota.

— Joyeux Noël, Mounette.

2021

JEUDI 16 DÉCEMBRE

3

Victoria

D'un geste sûr, j'applique mon rouge à lèvres jusqu'à obtenir ce que je souhaite, un résultat parfait. Je réarrange quelques mèches de cheveux, prenant mentalement note qu'il va être temps de prendre rendez-vous avec Nelson, mon coiffeur attitré. J'aime quand ma coupe est nette, c'est pourquoi je fais en sorte de me rendre au salon tous les mois.

L'image que me renvoie le miroir me plaît. Une jeune femme de trente-cinq ans, maquillée avec soin, la peau lisse et sans défaut, les dents blanches et alignées – résultat de plusieurs années d'orthodontie et d'une hygiène bucco-dentaire rigoureuse. Mais ce que je préfère, c'est la détermination qui se lit dans mon regard.

« Les gagnants trouvent des moyens, les perdants trouvent des excuses », disait Roosevelt, et je m'emploie, depuis l'âge de douze ans, à appartenir à la première catégorie de personnes, encouragée en cela par mon père. C'est lui qui m'a enseigné cette maxime. Si d'autres devises sont venues s'ajouter à la liste au fil des années, celle-ci est restée ma préférée, avec peut-être cette phrase de Lénine : « Là où il y a une volonté, il y a un chemin. »

Je ne suis pas du genre passif, à attendre que les choses me tombent toutes cuites dans le bec. Non, je travaille dur pour obtenir ce que je veux, sans rien laisser au hasard. Résultat, à trente-cinq ans, je dirige ma propre agence de publicité et j'emploie huit salariés. Des personnes dont j'exige beaucoup, évidemment, car l'exigence est la clé de la réussite. Et la réussite, c'est tout ce qui compte à mes yeux. Je ne suis pas de ceux qui pensent que l'important c'est de participer – non, l'important c'est de gagner. Si on n'est pas sûr de l'emporter, inutile de perdre son temps. Et comme je déteste perdre mon temps…

Après avoir jeté un dernier coup d'œil à ma tenue – un tailleur-pantalon bleu canard que je viens de m'offrir, dont la coupe souligne ma silhouette élancée –, j'attrape les dossiers que j'ai préparés sur mon bureau, et d'un pas décidé, je me dirige vers la salle de réunion pour le débrief que j'anime chaque jeudi.

Il est 8 h 45, le travail n'attend pas.

Dans la salle de réunion, je ne suis pas surprise de trouver Lexie, mon assistante, qui s'affaire pour que tout soit opérationnel et que l'on puisse commencer à 9 heures précises.

— Bonjour, Victoria, tu as passé une bonne soirée ? me demande-t-elle tout en disposant les thermos de café sur la table.

— C'est beaucoup dire. Je suis revenue travailler hier soir pour avancer sur la présentation pour Varibo. Je te propose qu'on s'occupe de la mise en forme ce midi avant de la diffuser à l'équipe. Contacte le traiteur Lenôtre pour nous faire livrer des plateaux-repas.

— Ce midi ?

— Oui. La présentation client est prévue pour dans moins d'un mois, je ne veux pas prendre de retard.

— J'avais l'intention de profiter de ma pause déjeuner pour faire du shopping. C'est bientôt Noël et je n'ai encore rien acheté à mes parents.

— Tu pourras t'en occuper ce soir. La réunion avec le P-DG de Champers ne devrait pas s'éterniser au-delà de 18 h 30. Ça te laissera largement le temps. Et puis si tu veux mon avis, prends une bonne bouteille de vin pour ton père et une écharpe en cachemire pour ta mère, et l'affaire est dans le sac.

— C'est ce que tu me fais acheter chaque année pour les tiens.

— Et ils semblent plutôt satisfaits.

— Ta mère doit avoir une sacrée collection d'écharpes en cachemire avec le temps…

— C'est vrai qu'on pourrait lui prendre un pull ou un cardigan pour changer. Sauf que je ne connais pas sa taille. Donc, non, on reste sur l'écharpe, c'est plus sûr. On n'a jamais trop d'écharpes. Elle m'en a offert pendant des années à Noël, ça ne m'a pas traumatisée. C'est comme une tradition que je perpétue.

À peine ai-je terminé ma phrase que l'ensemble de l'équipe entre dans la salle de réunion. Il est 8 h 55 ; une nouvelle fois, je me félicite de leur ponctualité. Quand on travaille dans la publicité, la première chose que l'on apprend, c'est que le temps c'est de l'argent. Un spot publicitaire de trente secondes n'a pas le même coût qu'une annonce de quarante-cinq secondes. Dans la vie, c'est pareil.

— Vous avez cinq minutes pour vous servir en café, Lexie vient tout juste de le préparer, et ensuite on s'y met.

On a du pain sur la planche, ce matin. Fin de la réunion à midi.

Ils obtempèrent et font circuler les thermos pendant que je prends place au bout de la table et avale une gorgée de café bien serré que Lexie m'a servi.

— Commençons par une excellente nouvelle. J'ai reçu un mail ce matin de la part du directeur des Éditions La Rivière. Il a beaucoup apprécié le travail que nous avons fait pour les Éditions Mocket et, de ce fait, il nous a choisis pour élaborer leur campagne publicitaire 2022.

Je fais une pause de quelques instants pour laisser chacun savourer cette réussite. Décrocher un contrat, c'est toujours une belle décharge d'adrénaline.

— Par contre, il a besoin que nous lui présentions plusieurs ébauches d'ici au 15 janvier afin de finaliser son catalogue éditorial. Ce qui veut dire qu'il va nous falloir mettre les bouchées doubles pour le satisfaire. Je sais que certains d'entre vous m'ont envoyé des demandes de congés pour les fêtes de fin d'année, je ne vais donc pas pouvoir les accepter.

— J'avais prévu de passer quelques jours chez mes parents pour Noël. Ça fait des années que ma mère essaie de tous nous réunir, proteste Nathalie, l'une des deux graphistes de l'agence.

— Noël, c'est tous les ans, le contrat avec les Éditions La Rivière, pas sûr. Tu pourras prendre des vacances après le 15 janvier et rendre visite à tes parents à ce moment-là. Le TGV te coûtera moins cher et les gares seront moins bondées.

— Mais…

— Je vous enverrai d'ici la fin de la semaine un dossier presse qui nous servira de point de départ. Je vous propose qu'on se fasse une première réunion de brainstorming lundi prochain à partir de 13 heures.

D'un hochement de la tête, Lexie, mon agenda sous les yeux, me confirme que c'est possible. Il faudra sans doute qu'elle réorganise une partie de l'activité et des rendez-vous de la semaine prochaine, mais je ne me fais aucun souci. Elle est rigoureuse et efficace et, depuis trois ans qu'elle travaille pour moi, elle ne m'a jamais déçue.

* * *

De : Victoria DELMAS <victoria@VDAdvertising.com>
Envoyé : jeudi 16 décembre 2021 14 h 15
À : Sandrine DUTOIT <sandrine@VDAdvertising.com>
Objet : Restons focus on job

Sandrine,
Le P-DG de Champers vient de m'adresser un mail, il souhaite que nous lui présentions pour la réunion de ce soir une rétrospective de leurs affiches publicitaires des dix dernières années, afin de vérifier que la *punchline* sur laquelle nous nous sommes arrêtés, « Des fesses au sec, des fesses impec », s'inscrit bien dans le *feed* de la marque. *Deadline* pour m'envoyer le fichier : *asap*.
Par ailleurs, je te rappelle qu'il n'est pas permis de laisser sur son espace de travail des effets personnels. Lorsque je suis passée tout à l'heure, j'ai aperçu une photo de chien. J'ai appris que l'un des tiens était mort, c'est sans doute très triste, mais merci de ramener la photo chez toi. Il est essentiel de rester *focus on job*, et les oreilles de Rintintin, aussi jolies soient-elles, n'ont pas grand-chose à voir avec le travail que nous réalisons dans cette agence.
V.

De : Victoria DELMAS <victoria@VDAdvertising.com>
Envoyé : jeudi 16 décembre 2021 14 h 22
À : Quentin LAFEUILLE quentin@VDAdvertising.com
Objet : Re : Spectacle de danse

Quentin,
Pour faire suite à ta demande, j'ai le regret de t'annoncer que je ne peux t'autoriser à quitter l'agence à 16 heures vendredi pour te rendre au spectacle de danse de fin d'année de ta fille. Si tout le monde commence à demander ce genre de faveurs, autant ne pas venir travailler.
Nul doute que ta fille se remettra de ton absence, et comme elle a quatre ans, au pire, elle ne s'en souviendra pas. Heureusement, grâce à la technologie moderne, tu peux demander à ta femme de te filmer les exploits de mini-Lafeuille en tutu.
V.

Ce mail tout juste envoyé, ma boîte de réception affiche un nouveau message de mon père, ce qui est assez rare.

De : Henri DELMAS <hdelmas@orange.fr>
Envoyé : jeudi 16 décembre 2021 14 h 24
À : Victoria DELMAS <victoria@VDAdvertising.com>
Objet : Repas de Noël

Victoria,
Je t'écris pour t'informer que nous avons fixé l'heure d'arrivée pour le repas du 24 décembre à 19 heures. Ta mère voulait vous faire venir plus tôt dans l'après-midi, toi et tes frères, pour faire des cookies, mais j'ai réussi à lui faire comprendre qu'il y avait des choses plus essentielles dans la vie ! Depuis qu'elle est à la retraite, c'est comme si elle avait

oublié que les autres ont un travail. Ce n'est pas en quittant l'agence à 15 heures que tu vas faire de VDAdvertising un poids lourd de la publicité ou remporter un prix pour l'une de tes campagnes.
À ce propos, quand connaîtras-tu les nommés pour les PubAwards ? Il me semblait qu'habituellement c'était avant le 19 décembre.
Ton père.
Henri.

Faire des cookies ? Ce serait bien la première fois qu'une activité en famille serait organisée. J'ai moi aussi remarqué un changement chez ma mère. Elle qui n'a jamais été très généreuse de son temps semble chercher à se rapprocher de nous. J'en déduis qu'elle s'ennuie depuis qu'elle est à la retraite. Après une carrière de professeure de lettres agrégée, elle a décidé d'arrêter il y a quelques mois de cela, à notre grand étonnement. Elle voulait, nous a-t-elle expliqué, rattraper le temps perdu. Sauf que ni moi ni mes frères ne sommes à la retraite ou à sa disposition. Je vois mal Thomas, neurochirurgien ou Spencer, avocat, annoncer à la cantonade que les interventions ou les plaidoiries attendront après Noël parce que leur présence à un atelier « cookies » est requise ! Quant à moi, je n'ai certes pas la vie d'êtres humains entre mes mains, mais en tant que cheffe d'entreprise, je me dois de montrer l'exemple à mes salariés. Heureusement, c'est quelque chose que mon père comprend parfaitement. Lui qui a dirigé la filiale française d'une grosse société de logistique sait combien l'investissement conditionne la réussite.

De : Victoria DELMAS <victoria@VDAdvertising.com>
Envoyé : jeudi 16 décembre 2021 14 h 27
À : Henri DELMAS <hdelmas@orange.fr>
Objet : Re : Repas de Noël

Papa,
C'est noté pour 19 heures. Au moins l'un de vous deux a gardé les pieds sur terre. Nous sommes en pleine période de rush à l'agence, tous les clients veulent boucler leurs campagnes avant de partir dans leurs chalets à la montagne ou de prendre des vols vers les eaux chaudes des Caraïbes. Pour ce qui est des PubAwards, aucune de nos campagnes n'a été sélectionnée cette année.
Je t'embrasse.
V.

Sa réponse ne se fait pas attendre.

De : Henri DELMAS <hdelmas@orange.fr>
Envoyé : jeudi 16 décembre 2021 14 h 30
À : Victoria DELMAS <victoria@VDAdvertising.com>
Objet : Re : Re : Repas de Noël

Tu sais ce qu'il te reste à faire ! Travailler encore deux fois plus dur l'année prochaine. Comme je te l'ai toujours dit : « *Winners focus on winning, losers focus on winners.* »
Il n'y a pas de mystère, si tu veux réussir, tu dois t'investir à 1 000 %, parce qu'il n'y a que comme ça qu'on obtient des résultats. Rends-moi fier, ma fille !
Je te vois donc le 24 décembre à 19 heures. Le dîner ne devrait pas s'éterniser. Vous devriez être libérés vers 22 h 30, pour le cas où vous auriez d'autres obligations professionnelles.
Ton père.
Henri.

* * *

Il est 20 heures passées lorsque je pousse la porte de mon appartement, curieusement épuisée. La journée s'est pourtant déroulée sans encombre, mais je me sens lasse.

Mon manteau rangé dans le placard, je me dirige tout droit vers la cuisine pour me servir un verre de vin blanc, puis je m'assois dans le canapé et en bois une gorgée. Je laisse le liquide frais et légèrement sucré faire son office – je me sens toujours mieux après un bon verre de vin. Machinalement, mon regard balaie la pièce à la décoration moderne et minimaliste. Cela ne fait pas très longtemps que j'ai emménagé dans ce grand appartement, dont j'ai entièrement fait refaire la décoration. Bien que je passe très peu de temps ici je m'y sens chez moi. Je pose mon verre vide sur le plateau vitré de la table basse. Le pouilly-fumé n'a pas failli à sa réputation, je me sens moins tendue, mon estomac se rappelle même à mon bon souvenir. En moins de cinq minutes, à l'aide de mon téléphone, je passe commande d'un poke bowl saumon mariné, miel et sésame.

Je me lève pour aller me resservir un verre. Comme souvent, je me fais la réflexion de l'inutilité des ustensiles dernier cri qui prennent la poussière sur le plan de travail. Je ne cuisine jamais. Donc à part le grille-pain, éventuellement...

Tandis que j'avale une nouvelle gorgée, je repense au dernier mail de mon père. Bien sûr, comme toujours, c'est lui qui a raison. Il n'y a jamais eu de mystère, le seul moyen d'obtenir ce que l'on souhaite, c'est de travailler plus dur que tous les autres, sans jamais perdre de vue la ligne d'arrivée. *Winners focus on winning, loosers focus on winners.* Je suis une winneuse, j'ai toujours été une winneuse.

En attendant la livraison de mon repas, je sors mon ordinateur portable de sa serviette et ouvre ma boîte mail.

De : Victoria DELMAS <victoria@VDAdvertising.com>
Envoyé : jeudi 16 décembre 2021 21 h 30
À : @VDAdvertising
Objet : Bilan 2021 – Préparation 2022

Bonsoir à tous,
L'année est sur le point de s'achever, et elle aura été riche en réalisations. Mais comme il ne sert à rien de regarder en arrière, je préfère rester concentrée sur l'année à venir et les défis qui nous attendent. Je crois à l'implication, à l'investissement personnel, ingrédients indispensables à la réussite. Afin de préparer au mieux l'année 2022 qui s'annonce, je vous enverrai d'ici au 24 décembre un rapport récapitulatif de nos différentes campagnes, mettant en avant nos forces et nos faiblesses, afin que nous puissions identifier les actions à mener. Nous consacrerons la journée du 26 décembre à cette activité. En conséquence, ceux qui souhaitaient s'absenter pendant les fêtes devront décaler leurs congés.
Nous ne devons pas perdre de vue l'objectif essentiel : faire de cette agence l'une des meilleures du pays.
Comme le disait Washington Irving : « Les grands esprits ont un but, les autres ont des espoirs. » L'espoir est friable, on ne construit pas sur un espoir. Un but est un socle bien plus solide.
Ensemble, soyons déterminés et focalisés sur le but à atteindre.
V.

Rassérénée, je referme mon ordinateur d'un geste sec. *Compte sur moi pour te rendre fier, papa.*

4
Dakota

J'ai l'impression que je viens à peine de poser ma tête sur l'oreiller lorsqu'une truffe se glisse sous ma main, suivie d'une grosse tête poilue, le tout accompagné d'une odeur de babines à nulle autre pareille.

— Butch… Laisse-moi dormir ! Je suis rentrée il y a à peine…

Un aboiement sonore interrompt ma phrase, le premier d'une série qui m'oblige à ouvrir les yeux. Certes je ne me suis pas couchée il y a seulement cinq minutes comme je le pensais, puisqu'il est presque 10 heures, mais vu que je suis rentrée de la radio vers 5 heures du matin, la nuit n'a pas été très longue.

Maintenant que j'ai les yeux ouverts, Butch est déchaîné. Non seulement il aboie, mais il fait aussi de petits bonds en avant. Enfin, petits… Quand le chien qui saute est un dalmatien, le moindre petit quoi que ce soit prend tout de suite une envergure plus importante.

— Qu'est-ce que tu as, Butch ? finis-je par m'écrier. Tu ne veux pas me laisser dormir, c'est ça ? Mounette ne t'a pas fait sortir ce matin ?

Et alors que je prononce le surnom de ma grand-mère, des connexions se font dans mon cerveau.

— Mounette… Il s'est passé quelque chose, c'est ça que tu essaies de me dire ?

Sans perdre une minute, je bondis du lit et me précipite dans les escaliers, Butch sur mes talons, pour rejoindre la chambre de ma grand-mère qui, depuis quelques années, s'est installée au rez-de-chaussée pour plus de facilité. À la fumée qui s'échappe de la cuisine, je devine que le problème vient de là. Je suis prise d'une quinte de toux en entrant dans la pièce ; une poêle dans laquelle on a fait fondre du beurre a été oubliée sur le feu. J'éteins la plaque à induction et me précipite pour ouvrir la fenêtre en grand afin de laisser la fumée s'échapper. La température extérieure qui ne doit pas dépasser les quatre degrés me fait frissonner. Dans la précipitation, je n'ai enfilé ni gilet ni chaussons, et mon pyjashort en coton n'est pas des plus adaptés pour cette aération hivernale.

Derrière moi Butch aboie une dernière fois, sans doute de satisfaction.

— Oui, c'est bien, mon chien ! Qu'est-ce qu'on aurait fait si tu n'avais pas été là !

Dalmatien de son état, Butch vit avec nous depuis bientôt dix ans, anniversaire que l'on fêtera le 25 décembre. C'était l'un de nos cadeaux de Noël, l'année où Papou nous a quittés. Je me souviens encore du gros nœud en satin que Mounette lui avait mis autour du cou avant de nous l'offrir. Nous n'avions jamais eu d'animal avant lui. À vingt-cinq ans passés, j'en avais pleuré comme une gamine. S'il a toujours été très proche de ma grand-mère, depuis quelques mois, c'est comme si Butch se sentait investi d'une mission de protection. Je ne sais pas ce qu'il perçoit du haut de son esprit canin, mais ce qui est sûr c'est qu'il sent que Mounette n'est plus comme avant.

Pleine de reconnaissance, je l'observe se diriger vers le placard en dessous de l'évier, dans lequel sont rangées ses croquettes et ses friandises, et y donner un coup de patte. Ce chien a beau être un héros, il ne perd jamais le nord. Tout en le gratifiant d'une caresse, j'attrape dans l'un des paquets un os à ronger que je lui lance.

— Allez, tu l'as bien mérité, mais n'abuse pas trop de ma gentillesse quand même, ajouté-je pour la forme, Butch ayant déjà rejoint son panier, s'attelant à ronger son os bien calé entre ses pattes.

Pour comprendre comment ce début d'incendie a failli se déclarer, je me dirige vers la chambre de ma grand-mère dont la porte est entrouverte. Elle est dans son lit, adossée à ses oreillers, en train de lire un magazine. Je frappe quelques coups sur la porte pour ne pas la surprendre avant d'entrer dans la pièce.

— Tu es déjà levée, ma chérie ? Je t'ai préparé une omelette tout à l'heure. Tu as toujours faim après une nuit de travail, alors je me suis dit qu'une bonne omelette te ferait plaisir.

Voilà donc le fin mot de l'histoire. Elle voulait me faire une omelette, mais elle s'est arrêtée au stade du beurre dans la poêle. Puis, elle a dû oublier ce qu'elle était en train de faire et se remettre au lit. Cela fait quelques mois maintenant qu'elle a ce type d'absences mais, jusqu'à présent, celles-ci se limitaient à des robinets laissés ouverts ou des lunettes rangées par erreur dans le réfrigérateur. Rien qui risquait de causer un incendie.

Une fois de plus, je me félicite d'avoir pris la décision de faire venir une aide-ménagère les soirs où je suis à la radio. À présent, il va sans doute falloir étendre ses heures de présence pour me permettre de dormir sereinement après une nuit de travail. Sans Butch, l'épisode de ce matin aurait pu tourner à la catastrophe. De toute évidence, Mounette ne peut plus rester sans surveillance. Et il n'est pas question d'envisager un hébergement dans un EHPAD. Nos grands-parents nous ont recueillis, Austin et moi, après le décès de nos parents, et nous nous sommes toujours juré que, le moment venu, nous serions là pour eux. Sauf que ce « nous », se résume désormais à « moi », Austin ayant déménagé il y a maintenant trois ans.

— Ça ne va pas, ma chérie ? me demande-t-elle, devant mon silence, avec cette tristesse dans le regard qu'elle a toujours lorsqu'elle s'inquiète pour nous.

Je devrais lui dire pour l'incident de la poêle, tenter de lui faire promettre de ne plus cuisiner sans supervision, mais je n'en ai pas le cœur. Chaque fois qu'il est question de sa situation, elle balaie mes inquiétudes d'un « ça arrive à tout le monde d'oublier des choses ». J'ai déjà dû batailler pour qu'elle accepte Lucienne, l'auxiliaire de vie.

— Oui ça va, je suis juste un peu fatiguée. C'est la faute de Butch, il est venu me réveiller ce matin.

Je peux presque entendre un grognement réprobateur provenant de la cuisine. Il aura droit à un second os pour avoir injustement porté le chapeau.

— Qu'est-ce que tu lis ? je lui demande en m'asseyant à côté d'elle sur le lit.

— J'ai reçu le dernier numéro de *Nous Deux*. Et tu ne devineras jamais ! Ashley couche avec Brad !

— Ah bon ? Mais tu ne m'avais pas dit qu'elle s'était mariée avec Paul dans le numéro précédent ?

— Si, mais depuis, elle a découvert que Paul était son frère. Tu imagines un peu ! Alors elle s'est consolée dans les bras de Brad, le meilleur ami de Paul.

— Forcément.

Depuis que je suis petite, je vois ma grand-mère lire avec passion les romans-photos publiés dans *Nous Deux*.

— Tu devrais peut-être te mettre à regarder *Les Feux de l'amour*, il y a un épisode qui passe chaque jour.

— N'importe qui couche avec n'importe qui dans ce feuilleton. Non, j'aime mieux lire.

C'est vrai qu'Ashley qui se marie avec son frère Paul puis couche avec son meilleur ami Brad… Enfin, bref.

— Ça te dirait qu'on fasse des cookies ?

— La recette avec les pépites chocolat caramel ? me demande-t-elle, les yeux pleins de gourmandise.

— Celle-là même ! Et je propose d'ajouter des noix de pécan cette fois-ci pour que ce soit encore meilleur.

— Ce sera parfait comme dessert après ton omelette. Va manger, tu dois avoir faim. Je termine de lire ça et je te rejoins, m'indique-t-elle en me montrant les quelques pages qu'il lui reste à lire.

— Pas de problème, Mounette.

Avant de quitter la chambre, je l'embrasse sur sa joue de plus en plus ridée, ce qui me rappelle constamment qu'elle vieillit, et qu'à bientôt quatre-vingt-six ans, tout est désormais plus compliqué.

* * *

Lucienne ne devrait pas tarder à arriver, il faut absolument que je lui relate l'incident de ce matin afin qu'elle fasse preuve d'une vigilance accrue vis-à-vis de Mounette.

L'après-midi s'est déroulé sans encombre, nous avons fait des cookies pour un régiment et personne n'a reparlé de l'omelette incendiaire. Ce qui est compliqué à gérer, c'est que, la plupart du temps, elle est égale à elle-même, dynamique et pleine d'espièglerie. Et puis soudain, sans crier gare, elle dit ou fait quelque chose de totalement incohérent. Accepter l'idée que ces épisodes risquent de la mettre en danger m'est encore difficile.

— Est-il absolument nécessaire de me gratifier d'une surveillante quand tu n'es pas là ? me demande ma grand-mère comme à chaque fois avant l'arrivée de Lucienne. Je te rappelle que j'ai été cheffe de service à l'hôpital, je peux parfaitement me débrouiller seule.

— Mais elle est gentille, Lucienne, tu ne trouves pas ? dis-je en réprimant un soupir. Et c'est quand même plus sympa d'avoir quelqu'un à la maison que de rester seule pendant des heures quand je suis à la radio ?

— Elle n'est pas drôle ! On dirait qu'elle a cent ans.

— Tu exagères, Lucienne a à peine quarante ans.

— Ça se voit que ce n'est pas toi qui dois dîner avec elle ! s'exclame Mounette. Je te jure, elle n'aime rien ! Elle ne regarde pas la télévision, elle ne lit pas, elle n'écoute pas de musique. Je ne pensais pas qu'une telle personne pouvait exister. En plus de ça, elle me suit partout ! Parfois, j'ai même peur qu'elle vienne au petit coin avec moi, c'est pour dire.

Je ris.

— Il y a forcément quelque chose qui lui plaît dans la vie, c'est juste qu'elle ne t'en a pas encore parlé.

— Torturer les chats ?

— Tu exagères, elle n'est pas si méchante.

— Je n'en suis pas si sûre, bougonne-t-elle.

Alors que je m'approche de la fenêtre de la cuisine pour guetter l'arrivée de Lucienne, Butch me fait sursauter en déboulant en trombe dans la cuisine, la queue entre les jambes.

— Que se passe-t-il, mon petit ? demande Mounette en caressant Butch qui s'est réfugié entre ses jambes, tremblant. Tu as vu une mouche, c'est ça ?

Notre dalmatien apprenti pompier a en effet depuis tout petit une peur bleue… des mouches. On évoque les araignées, les guêpes, les serpents, mais on oublie trop souvent les mouches. Alors que derrière ce petit insecte volant se cache un véritable monstre sanguinaire. Heureusement qu'en cette période de l'année les mouches se font rares, je vous laisse imaginer ce qu'il en est en plein mois de juillet…

Au regard outré qu'il m'adresse, je crois qu'il a deviné que je me moquais de lui.

Je jette un nouveau coup d'œil dans le jardin et, cette fois, j'aperçois Lucienne qui s'apprête à sonner au portillon.

— Je m'absente deux minutes, Mounette.

Sans lui laisser le temps de me demander une quelconque explication, je me précipite à la rencontre de l'auxiliaire de vie et l'intercepte avant qu'elle ne sonne à la porte d'entrée pour annoncer son arrivée.

— Bonjour, Lucienne. Comment allez-vous ?

— Bonjour, mademoiselle Dakota. Ma foi, je vais très bien. Un souci avec Antoinette ?

Qui dit encore « ma foi » en 2021 ? je ne peux m'empêcher de penser. C'est malin, à cause des remarques de Mounette, je vois désormais Lucienne comme une dame de cent ans dans le corps d'une femme de quarante…

— Nous avons eu un petit problème ce matin. Ma grand-mère a voulu me préparer une omelette, sauf qu'elle a dû oublier ce qu'elle était en train de faire en cours de route puisqu'elle est retournée dans sa chambre en laissant une poêle pleine de beurre sur la plaque allumée. C'est Butch qui m'a alertée. S'il ne m'avait pas réveillée, il aurait pu y avoir un incendie.

— Et comment Antoinette a-t-elle réagi ? En général, elle ne supporte pas qu'on lui rappelle qu'elle est malade.

— Je… Je ne lui ai rien dit. Elle semblait si heureuse de m'avoir préparé à manger… Je n'ai pas eu le cœur de lui expliquer la situation.

— Je vois…

— Il va falloir faire preuve d'encore plus de vigilance désormais. Et éviter de la laisser seule dans la cuisine.

— D'accord. Je ferai attention, vous pouvez compter sur moi.

— Parfait. Dites, Lucienne, cela fait maintenant plusieurs mois que vous venez ici pour vous occuper de ma grand-mère.

— En effet.

— Pourtant, je ne sais presque rien de vous. Est-ce que vous avez des passions, des loisirs ? Peut-être aimez-vous les romans-photos, comme Mounette ? tenté-je, histoire de leur trouver un point commun et d'arrêter de culpabiliser de confier ma grand-mère à une femme avec qui elle ne s'entend pas.

— Bien sûr, j'ai des tas de passions.

Je le savais ! je jubile intérieurement.

— Je collectionne les mini-théières en porcelaine, mais aussi les boîtes d'allumettes, j'en ai des milliers à la maison. J'adorais *Thalassa*, dommage qu'ils aient arrêté l'émission. Je revisionne régulièrement celles que j'ai enregistrées. Ma préférée, c'est celle sur la pêche à pied de la crevette rose, s'enthousiasme-t-elle.

— Hum, ah oui, passionnant. J'ai l'impression de mieux vous connaître à présent.

— Qu'est-ce que vous faites toutes les deux dehors ? nous interrompt Mounette. Vous complotez quelque chose contre moi ? Je vous préviens que je n'ai nullement l'intention de faire pipi la porte ouverte ! J'ai peut-être quatre-vingt-cinq ans et des seins qui arrivent au niveau des genoux, mais j'ai encore ma dignité !

Puis elle claque la porte, et j'éclate de rire, contrairement à Lucienne, qui reste de marbre.

C'est pas gagné.

* * *

Il est quasiment 21 heures lorsque j'arrive à la radio. Il m'a bien fallu la demi-heure de trajet pour oublier le regard lourd de reproches lancé par ma grand-mère au moment de mon départ. Regarder un documentaire sur la pêche à pied de la crevette rose, ça ne doit pas être si terrible que ça ? Il faut juste que je trouve le bon moment pour lui soumettre cette proposition…

Je salue amicalement Laurie, l'hôtesse d'accueil de Radio Velours, avant d'entrer dans mon bureau. Cela va faire près de dix ans que je travaille ici. Fraîchement diplômée en psychologie, j'étais tombée sur une de leurs offres d'emploi pour un remplacement en tant que chroniqueuse dans une émission bien-être. Nous étions en juin et je n'avais rien prévu de particulier pour les vacances d'été alors j'avais postulé. À l'époque, j'ignorais tout du fonctionnement d'une station de radio. Bien sûr, j'en écoutais quelques-unes dans la voiture comme tout le monde, mais ça s'arrêtait là.

Cette première expérience avait été une révélation. Je m'étais tout de suite sentie très à l'aise derrière un micro et avec un casque sur les oreilles, m'intéressant aussi aux coulisses de la fabrication des émissions. J'avais terminé mon remplacement, enchantée, et c'est sans hésitation que j'en avais accepté un autre quelques semaines plus tard. De fil en aiguille, de chroniqueuse, je suis passée animatrice, à la tête de ma propre émission, *100 % Dakota*, deux heures sur des thèmes divers et variés tels que la gestion des phobies, la passion des chats ou de la cuisine italienne, en passant par la naissance du premier enfant. S'il n'y avait pas eu les ennuis de santé de Mounette, je l'animerais sans doute encore.

Quand il est devenu impossible de la laisser seule l'après-midi, j'ai envisagé de tout arrêter et de trouver une activité que je pourrais exercer de la maison. L'idée de la confier aux bons soins de quelqu'un d'autre que moi m'était insupportable. C'est le directeur de Radio Velours qui m'a suggéré d'animer une émission de nuit. Jusque-là, la programmation était uniquement musicale le soir et, selon lui, cela pouvait être intéressant de diversifier un peu la production. Ma grand-mère étant une couche-tôt, c'était jouable. Au démarrage, je pouvais même la laisser seule. Je lui préparais son repas, je dînais avec elle, puis partais pour la radio. Mais lorsqu'elle a sonné chez les voisins, en pleine nuit et à demi nue, pour leur signaler ma disparition, j'ai dû me résoudre à engager quelqu'un. Comme c'est seulement pour la nuit, et qu'elle dort la majorité du temps, j'ai moins le sentiment de l'abandonner que si je devais m'absenter une journée entière.

Si le rythme n'a pas été facile à trouver, je prends à présent beaucoup de plaisir à animer une émission sur ce créneau si particulier. La nuit crée une forme d'intimité avec les auditeurs que l'on ne retrouve pas en journée. Elle est propice aux confidences. J'ai le sentiment de pouvoir réellement mettre à profit mes connaissances en psychologie. Et même plutôt deux fois qu'une, parfois.

L'émission ne commence qu'à 23 heures mais, au moins une fois par semaine, j'aime arriver plus tôt pour ouvrir le courrier que je reçois et y répondre, ainsi que faire quelques recherches complémentaires sur les thématiques qui reviennent le plus souvent, comme la dépression, le deuil, la rupture amoureuse… Et même si mon travail est moins amusant que lorsque j'animais *100 % Dakota*, je me sens plus utile. Je suis chaque soir un peu plus effarée du degré de solitude de ceux qui m'appellent. Bien souvent, ils sont plus enclins à exposer leurs peines à quelqu'un qu'ils ne voient pas, comme si le regard de l'autre risquait d'être porteur de bien trop de jugements. Une certaine complicité s'est même créée avec certains auditeurs qui n'hésitent pas à rappeler régulièrement pour donner de leurs nouvelles. C'est une communauté qui s'est ainsi formée. En plus de ceux qui téléphonent, il y a aussi l'ensemble des auditeurs qui commentent sur les réseaux sociaux et y prodiguent des conseils ou partagent leurs expériences. Certains sont de vrais fidèles de l'émission, présents chaque soir.

Alors que je suis plongée dans la lecture de mon courrier, je suis surprise par la sonnerie de mon téléphone, et aussitôt prise d'inquiétude en voyant l'identité de celle qui m'appelle.

— Allô, Mounette ? Il y a un souci ? Pourquoi est-ce que tu chuchotes ? je lui demande après avoir perçu quelques murmures quasi inaudibles.

— Tu ne peux pas me laisser avec Lucienne ! Cela fait près d'une demi-heure qu'elle me raconte l'histoire des boîtes d'allumettes ! Et on en est seulement à l'époque du Moyen Âge. Au secours, Dakota, il faut que tu viennes.

Je ne peux m'empêcher de pouffer.

— Ne ris pas ! Je te jure que je vais finir par mourir d'ennui.

— Tu m'appelles d'où ? Lucienne n'est pas à côté de toi, quand même ?

— Je suis dans les toilettes. Je lui ai fait croire que j'avais une cystite pour pouvoir m'échapper toutes les cinq minutes. J'ai envisagé d'ajouter que c'était dû à une activité sexuelle trop intense, mais la pauvre vieille ne s'en serait pas remise.

— Lucienne n'est pas vieille, Mounette. Elle a à peine plus que mon âge.

— Mais ça fait une heure qu'elle me parle avec passion de boîtes d'allumettes ! Je me demande bien pourquoi d'ailleurs. Il faudrait peut-être lui dire que ça fait longtemps qu'on est passés aux allume-gaz.

Je pressens que ce n'est donc sans doute pas le bon moment pour l'informer du second centre d'intérêt de Lucienne...

— Il est tard, Mounette, tu devrais aller te coucher. À cette heure-ci tu dors déjà d'habitude, non ?

— Je ne suis pas fatiguée. Depuis quelque temps, j'ai du mal à trouver le sommeil. En plus, j'ai peur qu'elle me suive jusque dans ma chambre pour finir de me raconter l'histoire des allumettes. Je sais, je vais lui demander si elle sait comment on se connecte à des chaînes porno, ça devrait lui en boucher un coin, ah, ah !

Je n'ai pas le temps de protester que ma grand-mère a déjà raccroché, sans doute très fière de son stratagème.

Après l'incident de ce matin, je suis soulagée qu'elle soit de nouveau elle-même, ma grand-mère pleine d'espièglerie que j'aime tant.

* * *

À un quart d'heure de mon passage à l'antenne, je m'installe dans le studio d'enregistrement et, comme à chaque fois que j'en pousse la porte, je suis immédiatement enveloppée par l'ambiance feutrée qui y règne grâce au capitonnage qui protège des sons de l'extérieur ainsi qu'à la lumière tamisée.

J'installe mes affaires, une grande bouteille isotherme de thé noir, une barre de céréales, une banane ainsi que quelques amandes fraîches. En passant la main sur la bonnette du micro, je ne peux m'empêcher de sourire. Il n'y a pas à dire, je me sens chez moi, ici.

Je m'assois, mets mon casque et procède aux dernières vérifications avec l'ingénieur du son et le réalisateur de l'émission, assis dans leur petite cabine située derrière la vitre de séparation.

— Il est 23 heures, vous êtes bien sur Radio Velours. Nous sommes ensemble jusqu'à 2 heures du matin pour parler de tout, de rien, mais surtout de vous. Alors, n'hésitez pas à nous appeler, le standard est ouvert et, ce soir, c'est Alexis qui vous y accueillera.

D'un signe de tête, j'indique au réalisateur qu'il peut lancer le générique de l'émission, un geste en réalité inutile puisqu'il le fait sans même me regarder. Nous ne travaillons ensemble que depuis quelques mois, mais les automatismes sont déjà là.

— J'espère que vous allez bien en ce 16 décembre, j'enchaîne une fois le générique terminé. Noël approche à grands pas, et je sais que cette période n'est pas facile pour tout le monde, qu'elle ravive parfois des blessures, alors si vous souhaitez venir en parler, vous êtes les bienvenus. Comme chaque soir, les auditeurs peuvent faire des commentaires sur les réseaux sociaux, et j'ai d'ailleurs déjà un petit message de Joséphine, qui nous salue et nous écoute depuis la cabine de son camion.

Joséphine fait partie des fidèles de l'émission. Chauffeuse poids lourd, elle passe ses nuits sur les routes et nous écrit dès qu'elle s'arrête sur une aire de repos. Curieusement, jamais elle n'appelle.

— Nous allons prendre en ligne un premier auditeur, il s'agit de Guy. Bonsoir, Guy.

— Bonsoir, Dakota.

— Parlez-nous un peu de vous, Guy. Vous avez cinquante-deux ans, c'est bien ça ?

— Oui, j'aurai cinquante-trois ans le 14 janvier.

— Et que faites-vous dans la vie ?

— Pour le moment, je suis en arrêt de travail parce que je me suis bousillé le genou à force de porter des cartons. En principe, je dois me faire opérer dans quelques semaines, mais j'appréhende un peu.

— Vous appréhendez l'intervention ? C'est bien naturel. Je crois que personne n'est très détendu quand il doit être hospitalisé pour subir une opération.

— Quand le chirurgien m'a parlé des risques, je me suis tout à coup rendu compte que je ne manquerais à personne si je mourais sur la table.

— Pourquoi dites-vous cela ? Évidemment que vous manquerez à quelqu'un.

— Non, je suis sûr que non. Je suis brouillé avec toute ma famille, et je n'ai pas de femme et pas d'amis.

— Vous êtes en froid avec toute votre famille ? Que s'est-il passé pour que vous en arriviez là ?

— La dernière fois que j'ai été invité à manger chez ma sœur – ça remonte à plusieurs mois maintenant –, elle s'est vexée parce que je lui ai dit qu'elle ferait mieux de faire appel à un traiteur quand elle invite du monde plutôt que de cuisiner elle-même.

— Oh, ce n'est pas très gentil ça, en effet.

— Mais c'était sincère ! Je vous assure que si vous alliez dîner chez elle – d'ailleurs elle vous adore, elle vous écoutait quand vous passiez à l'antenne l'après-midi –, eh bien si vous alliez dîner chez elle, vous ne pourriez rien avaler. Ce n'est pas rendre service aux gens que de leur faire croire qu'ils sont doués pour quelque chose quand ils sont nuls.

— Mais vous comprenez qu'elle avait sans doute fait des efforts pour vous recevoir et que votre remarque a pu la blesser ?

— Si elle voulait pas que je la critique, elle avait qu'à m'inviter au restaurant. Sauf qu'elle est trop radine pour ça ! Vous savez ce qu'elle m'a offert pour mes cinquante-deux ans ? Le calendrier qu'elle a reçu en cadeau à la pharmacie !

— Et vous, que lui avez-vous offert pour son anniversaire ?

— Des barres de céréales qui font maigir. Comme elle dit toujours qu'elle est trop grosse – faut dire qu'elle a hérité du cul de notre mère, et c'est pas peu dire –, je voulais lui faire plaisir. Mais, ça aussi, elle l'a mal pris. De toute façon, quoi que je fasse, quoi que je dise, ça ne va jamais.

— Je vois... Et donc cette intervention chirurgicale à venir fait remonter tout ça. Sur la messagerie de l'émission, Joséphine dit qu'il n'est jamais trop tard et elle vous suggère d'envoyer un petit bouquet de fleurs à votre sœur avec un petit mot d'excuse.

— Pourquoi qu'ce serait moi qui devrais m'excuser en premier ?

— Savoir faire le premier pas est une marque d'intelligence, et je sais que vous êtes quelqu'un d'intelligent, Guy.

— Vous trouvez ?

— Tout à fait. Voilà ce que je vous propose ; vous lui faites envoyer un joli bouquet de fleurs assorti d'un petit mot, et ensuite vous nous rappelez pour nous donner des nouvelles et nous dire si vous vous êtes réconciliés avec votre sœur. Qu'en pensez-vous ?

— D'accord. Je voulais vous dire que je vous adore, moi aussi. Vous savez écouter les gens et vous ne les jugez jamais, alors que franchement, parfois y a des sacrés cas désespérés qui vous appellent, ajoute-t-il en riant.

— Merci pour votre appel, Guy, et n'oubliez pas de nous tenir au courant. À présent, chers auditeurs, je vous propose de marquer une courte pause. Comme chaque soir depuis début décembre, on commence avec un titre pour nous mettre dans l'ambiance de Noël, et ce soir j'ai choisi un morceau de Mickael Bublé, « Feliz Navidad ».

À peine ma phrase terminée, je sais que les premières notes de la chanson résonnent déjà sur les ondes grâce à la playlist du soir que j'ai transmise à Anthony, le réalisateur de l'émission, juste avant d'entrer dans le studio. Je profite de cette petite interruption pour vérifier mon téléphone ; pas d'appel en absence de ma grand-mère. Je ne sais pas si cela doit me rassurer ou m'inquiéter. De toute manière, je n'ai pas le temps d'y songer davantage, l'écran du décompte digital placé juste devant moi m'annonce une reprise de l'antenne dans moins de trente secondes.

VENDREDI 17 DÉCEMBRE

5

Victoria

Lorsque le réveil sonne à 5 h 45, les échanges par mail avec mon père sont déjà loin, je me sens pleine d'une énergie nouvelle pour attaquer la journée. Je ne suis pas de celles qui s'apitoient sur leur sort ou qui pleurnichent, la sensiblerie, très peu pour moi.

D'un mouvement décidé, je me lève de mon lit et installe mon tapis de gym pour ma séance de pilates quotidienne. Puisque je n'avais jamais assez de temps pour faire du sport, j'ai décidé il y a plusieurs mois de cela de me lever une heure plus tôt et de commencer ainsi ma journée. Avant de m'y mettre, j'allume la télévision et me cale sur une chaîne d'informations en continu qui me servira de fond sonore. Un bon publicitaire se doit d'être au courant de l'actualité.

… la neige est tombée en abondance cette nuit, rendant la plupart des routes impraticables. Des dizaines de kilomètres d'embouteillage…

La quoi ?

Je stoppe net mon étirement pour regarder les images. C'est bien ce que j'ai cru entendre, de la neige ! Il ne manquait plus que ça. La neige c'est tout ce que je déteste : à cause d'elle, non seulement les gens sont en retard, mais en plus ils sont déconcentrés. La vision de tous mes collaborateurs le visage tourné vers leur fenêtre, à admirer les flocons qui tombent me déclenche une brûlure d'estomac. Si ça ne tenait qu'à moi, nous travaillerions dans des pièces aveugles, sans aucune distraction possible. Hélas, le droit du travail a cru bon de venir mettre son grain de sel. Qu'est-ce qu'il y connaît à la productivité des salariés !

L'énergie que je ressentais au réveil en prend un coup. Inutile de poursuivre ma séance de sport, l'envie n'y est plus. Autant me préparer pour aller au bureau. Même si j'ai la chance de vivre à proximité de l'agence, la neige risque de me ralentir.

Une douche bien chaude et un bagel au saumon fumé plus tard, je suis prête à affronter la tempête. J'ai troqué mon manteau en drap de laine et mes stilettos contre une doudoune et une paire de boots plus appropriées aux conditions météorologiques du jour. Il est à peine 7 heures lorsque je quitte mon immeuble. Je me réjouis finalement de ce temps supplémentaire que je vais pouvoir consacrer aux dossiers à boucler avant d'être contrainte de m'arrêter pour Noël.

Surprise par la température extérieure, je remonte le col de ma doudoune au maximum pour tenter de protéger au mieux mes joues de la morsure du froid. Il fait encore nuit et, comme je le craignais, en apprenant le désastre à mon réveil, la neige qui continue de tomber ne facilite pas ma progression. On ne distingue quasiment plus le trottoir de la rue. Néanmoins, j'avance d'un pas décidé, le regard fixé droit devant. Il faut absolument que je passe un coup de fil à Lexie pour lui rappeler que le *call* avec le P-DG de Pear a été avancé à 9 h 45 au lieu de 10 h 30. Je fouille dans mon sac à main sans réussir à mettre la main sur mon téléphone. Agacée, je m'arrête pour l'ouvrir en grand. Voilà pourquoi je garde en général mon téléphone dans ma main.

Alors que je réussis enfin à le trouver, coincé entre un portefeuille et mes carnets de notes, un bruit de klaxon me vrille le crâne.

— Mais qui fait tout ce...

Deux immenses phares lumineux.

Un choc.

Puis, plus rien.

* * *

Lorsque j'ouvre les yeux, mon premier réflexe est de vérifier l'heure sur mon portable. *Pourvu que je n'aie pas manqué le* call. Sauf que je n'ai pas de téléphone. Ni de vêtements d'ailleurs, mis à part une blouse bleue à petits carreaux blancs. Je regarde autour de moi, dans l'espoir de voir passer quelqu'un et de lui emprunter son téléphone, mais il n'y a personne. Je suis assise sur un fauteuil en velours rouge, dans une sorte de couloir dans lequel sont alignés des dizaines d'autres fauteuils vides. De part et d'autre du plafond ont été tendues des dizaines de guirlandes lumineuses, et j'aperçois au fond un immense sapin de Noël chargé de décorations. J'ignore complètement où je suis et n'ai pas non plus la moindre idée de comment je suis arrivée là.

J'examine mes bras et mes jambes, mais ne repère rien d'anormal, je ne ressens pas de douleur particulière. Peut-être que je suis dans la salle d'attente d'une radiologie d'un nouveau genre, conçue pour faire baisser l'anxiété… Si c'est ça, c'est parfaitement inutile, je me sens très bien.

Décidée à quitter cet endroit étrange, je me lève de mon fauteuil avant d'être contrainte de m'y rasseoir en raison d'une violente douleur à la poitrine.

Presque aussitôt, une porte s'ouvre à quelques mètres de moi, et une femme s'avance, un calepin à la main.

— Mademoiselle Delmas ?

Bien qu'il n'y ait personne d'autre que moi dans ce couloir, elle semble incertaine.

— Oui, c'est moi. Je suis Victoria Delmas.

— Veuillez me suivre, s'il vous plaît.

Je m'attends à ressentir de nouveau la douleur d'il y a quelques secondes, mais cette fois-ci il n'en est rien. J'avance donc vers celle que je présume être une infirmière, dans l'optique de plier l'affaire au plus vite et de repartir – si elle y tient vraiment – avec une ordonnance de Doliprane et la promesse de me reposer.

— Asseyez-vous, m'indique la femme, alors que j'entre dans une pièce qui ne ressemble en rien à un bureau.

De nombreux coussins, de toutes les tailles et de toutes les couleurs, sont disposés à même le sol. Comme dans le couloir, des guirlandes lumineuses sont tendues au plafond et un sapin, dont la décoration ferait pâlir d'envie ma mère, trône en plein milieu de la pièce. Il règne une douce chaleur et – sans doute à cause d'une commotion –, je croirais entendre le bruit d'un ruisseau qui coule et des chants d'oiseaux.

La femme prend place à côté d'une autre, que je présume être le médecin. Il s'agit peut-être d'un nouveau protocole d'accueil des patients…

— Bonjour, je me présente, Victoria Delmas, dis-je d'une voix ferme en tendant la main vers l'une de mes interlocutrices.

Je vous avouerais que je suis un peu pressée, donc s'il était possible d'aller assez vite, je vous en serais reconnaissante. Je ne sais pas trop ce qu'il s'est passé, ni pourquoi je suis ici, mais je me sens parfaitement bien. Donc, si vous pouviez…

La femme que je suppose être le médecin m'invite à m'asseoir.

— Je vous assure que tout va bien, je réitère, tout en prenant place sur l'un des coussins.

— De quoi vous souvenez-vous ? me demande-t-elle.

— Vous voulez dire, avant de me retrouver ici ? J'étais dans la rue, je cherchais mon téléphone pour laisser un message à mon assistante, Lexie. Nous avons un *call* important avec un client ce matin et je voulais m'assurer qu'elle avait bien noté que l'heure en avait été avancée. C'est d'ailleurs pour ça que je ne dois pas trop tarder.

— Et c'est tout ?

— Oui. Non. Enfin, je ne sais pas. J'ai entendu un klaxon et j'ai atterri ici. Je me suis fait renverser, c'est ça ? Ça n'a pas dû être trop méchant parce que je n'ai rien de cassé et que je n'ai mal nulle part.

Sans un mot, l'infirmière me tend une tablette sur laquelle je découvre une femme qui m'est vaguement familière allongée dans un lit.

— C'est vous dans ce lit, madame Delmas.

— Comment ça, c'est moi dans ce lit ?

— Eh bien, il semblerait que ce matin, vers 7 h 15, alors que vous traversiez la rue, vous n'ayez pas prêté attention au bus qui arrivait sur votre droite. Le chauffeur a tenté de vous alerter, mais il n'a pas pu vous éviter. Le choc a été assez violent.

— J'ai été renversée par un bus ? Et donc je suis morte, c'est ça que vous êtes en train de me dire ?

— Pas exactement.

— Comment ça, pas exactement ? Bon écoutez, vous avez sans doute des tas d'autres gens à voir pour, je ne sais pas moi, décider de les envoyer en enfer ou un truc comme ça, mais en ce qui me concerne, je n'ai pas pour habitude de perdre mon temps, donc venez-en au fait.

— Les équipes médicales qui vous ont prise en charge sont parvenues à vous réanimer, mais, hélas, vous êtes actuellement dans le coma.

— Dans le coma ? Bon. Mais alors, qu'est-ce que je fais ici dans ce cas ? Ce n'est pas réservé aux morts, à ceux qui ont suivi une sorte de lumière ?

— Chaque année en décembre, nous ouvrons les portes du centre de réhabilitation de Noël. C'est là que vous vous trouvez présentement. Je suis la responsable de ce centre, m'indique celle que je prenais pour un médecin. Je m'appelle Elwing, et voici mon adjointe Elemire. Nous ne sommes plus que deux. L'arrivée massive de personnalités ces derniers mois nous a obligés à réorganiser le personnel entre nos différents services.

— Elwing ? Elemire ? Le centre de réhabilitation de Noël ? C'est une blague ? C'est Sandrine qui n'a pas apprécié que je lui demande de retirer la photo de son chien mort de son bureau ? Elle sait pourtant que je n'accepte pas...

— Pardonnez-moi de vous interrompre, me coupe ladite Elwing, mais nous ignorons complètement qui est cette Sandrine. Il est seulement question de vous ici. Les choix que vous ferez dans les prochaines minutes seront déterminants pour votre avenir. Tenez, me dit-elle en me tendant une brochure quatre pages en papier glacé, lisez.

À la limite de l'exaspération, je lui arrache presque son fascicule des mains et commence à lire.

Après quelques minutes d'une lecture attentive, je referme la brochure de présentation du centre.

— Avant toutes choses, permettez-moi de vous dire que, si vous êtes peut-être leader en matière de vie après la mort, en revanche, niveau marketing publicitaire, vous avez des progrès à faire. Si vous le souhaitez, je vous donnerai ma carte et je demanderai à Lexie de vous appeler pour fixer un rendez-vous. Enfin, dès que vous m'aurez rendu mon sac à main, bien entendu.

Elemire et Elwing se regardent, interloquées, ne s'attendant visiblement pas à cette réaction.

— Vous avez compris de quoi il est question ?

— Je pense, oui. En même temps, ce n'est pas bien compliqué, c'est la première phrase de votre document : « La réhabilitation comme alternative à l'au-delà. » C'est quoi le *deal* exactement ? Si je fais une bonne action, vous me laissez la vie sauve ?

— Pas n'importe quelle bonne action. Noël approche, et vous savez combien notre supérieur est attaché à cette fête. L'idée est donc de profiter de cette période pour vous racheter auprès de quelqu'un à qui vous avez fait du mal.

— En contrepartie de quoi je ne meurs pas, c'est ça ? Je me rachète auprès de quelqu'un et je survis à mon accident de bus ?

— C'est bien résumé. Il va sans dire que vous disposerez d'un temps limité pour effectuer cet acte de réhabilitation. L'échéance est fixée au 26 décembre, minuit.

— C'est bien ce que j'avais compris. En revanche, vous ne donnez que peu d'explications, pour ne pas dire pas du tout, sur le comment. Je ne suis pas du genre à regarder en arrière, donc la réhabilitation ce n'est pas vraiment mon truc, vous voyez.

— Cela fait de vous une candidate idéale ! s'enthousiasme Elwing. Rassurez-vous, notre taux d'échec est de l'ordre de…

— Il n'est pas dans mes habitudes d'échouer. Et comme il n'était pas non plus dans mes projets de décéder tout de suite, et que j'ai un certain nombre de dossiers très importants sur le feu, je vais accepter votre proposition. Où dois-je signer ?

— Si vous voulez réussir votre mission, il va falloir vous en donner les moyens, m'indique Elemire.

— Visiblement, vous ne me connaissez pas. Si la réhabilitation n'est pas mon fort, réussir ce que j'entreprends, ça, ça me connaît. C'est ce qu'on attend de moi depuis toute petite. Rien n'est plus important dans ma vie. Donc, je vous repose la question : où dois-je signer ?

— Nulle part, me répond Elwing, que je sens néanmoins sceptique.

— Mais alors, comment est-ce que…

Une lumière aveuglante.

Un épouvantable mal de tête.

Puis plus rien.

6
Victoria

La journée est déjà bien entamée lorsque je regagne enfin mon appartement. Aux spasmes de mon estomac, je devine que le bagel avalé ce matin n'est plus qu'un lointain souvenir pour lui. Même si je voudrais m'installer devant mon ordinateur sans perdre de temps afin de rattraper les heures de travail perdues, je consens à faire un passage par la cuisine pour réchauffer un petit quelque chose – mes placards regorgent de plats préparés, solution idéale quand on considère comme moi que toute minute passée derrière les fourneaux est une perte de temps.

Par miracle je n'ai rien de cassé – merci à la neige qui a ralenti le trafic –, néanmoins j'ai mal partout. L'expression « être passée sous un bus » a pris tout son sens depuis ce matin.

Lorsque j'ai repris connaissance à l'hôpital, l'équipe médicale m'a appris ce que je savais déjà : à 7 h 15, alors que je me rendais à l'agence, j'ai été percutée par un bus. Je les ai à peine laissés finir leurs explications avant de leur demander l'heure. Aux regards inquiets qu'ils échangeaient, j'ai bien compris qu'ils ne s'attendaient pas à ce genre de question et craignaient sans doute que je ne souffre d'une atteinte cérébrale irréversible. Mais à ce moment-là, tout ce qui m'importait, c'était de savoir si je pouvais encore rejoindre l'agence en temps et en heure pour le *call* avec le P-DG de Pear. Quand ils m'ont indiqué qu'il était déjà près de 11 heures, j'aurais pu en pleurer. Sauf que je ne pleure jamais. « Tu dois apprendre à ne pas montrer tes émotions si tu veux réussir, Victoria. Les émotions sont une faiblesse et te rendent vulnérable. La vulnérabilité est l'ennemie de la réussite », disait mon père. Sa voix résonne encore distinctement dans mon esprit.

Apercevant mon sac à main au bout du lit, je m'en étais saisie avant de, ô miracle, trouver mon téléphone à l'intérieur. Un rapide coup de fil à Lexie, négocié âprement avec les médecins, m'avait permis de faire un point sur la situation. Heureusement pour moi, les secours avaient tout de suite appelé l'agence pour les prévenir de mon accident. Je me suis aussitôt félicitée d'avoir pensé à me faire imprimer une carte de contacts dédiée aux « personnes à prévenir en cas d'urgence » et d'y avoir inscrit le numéro de Lexie. Prétextant d'un impératif familial pour justifier mon absence, toute l'équipe s'était mobilisée pour que le *call* ait lieu comme prévu. La matinée n'en était pas néanmoins fichue, avais-je pensé avant de raccrocher.

Et ça ne s'était pas arrangé puisqu'il avait ensuite fallu argumenter pendant de longues minutes pour être autorisée à quitter l'hôpital, moyennant la signature d'une sortie contre avis médical me promettant mille morts.

Si, au départ, j'avais envisagé de me rendre directement à l'agence, la vision de mes traits tuméfiés m'en a vite dissuadée – rien de pire pour un communicant qu'un visage marqué de bleus. Dans le taxi me reconduisant à mon appartement, j'ai donc envoyé à Lexie un mail pour l'informer que je travaillerais de chez moi au moins pour l'après-midi.

Alors que je mange machinalement mon navarin aux petits légumes, je repense à l'étrange scène vécue ce matin. Elwing, Elemire... À mon réveil, sur mon lit d'hôpital, j'ai d'abord cru à une hallucination due aux médicaments qui m'ont sans doute été injectés pour faire repartir mon cœur. Mais au moment de ranger mon téléphone dans mon sac, j'ai aperçu la brochure du centre de réhabilitation de Noël.

Brochure que j'examine sous toutes les coutures depuis de longues minutes avant de sourire autant que mes bleus me le permettent. *C'est bien ce qu'il me semblait, je n'ai rien signé ! Quel amateurisme !* La première chose que l'on apprend lorsque l'on conduit un deal, c'est que rien n'est gagné tant que rien n'est signé. Cela se saurait si la parole était une valeur sûre. Je ne peux m'empêcher de jubiler.

Je regarde l'heure. 14 h 30. Si je travaille non-stop jusqu'à 21 h 30, je devrais réussir à rattraper le retard que j'ai pris. Je me lève du canapé avant de m'y rasseoir aussitôt, la main crispée sur la poitrine. C'est la même douleur que celle ressentie dans ce foutu couloir ce matin, mais plus violente. Il me faut cette fois-ci plusieurs minutes, qui me paraissent interminables, pour reprendre mes esprits.

Sur la table basse, la brochure ouverte du programme de réhabilitation semble me narguer.

— Ne me dites pas que… J'ai autre chose à faire, figurez-vous ! J'ai une agence de publicité à faire tourner, des contrats à honorer, un prix à gagner. Je n'ai pas de temps à consacrer à votre maudite réhabilitation, crié-je, comme si les deux femmes aux noms d'elfe pouvaient m'entendre.

Bien décidée à passer outre leur stratagème, je me lève à nouveau du canapé.

Cette fois-ci, la douleur est si forte qu'elle me coupe le souffle, manquant me faire tomber dans les pommes.

— C'est bon, dis-je en grimaçant après de longues minutes de récupération, je vais le faire votre truc débile. Mais je vous préviens, il est hors de question que ça prenne des heures.

* * *

Ce n'est pas le tout de se résigner à exécuter sa part du contrat, le problème est ensuite de savoir comment s'y prendre. Or, cela fait bien une bonne demi-heure que j'y réfléchis et je ne vois pas ce que les deux elfes attendent de moi au juste. Puisqu'il s'agit d'un programme de réhabilitation de Noël, je dois me réhabiliter auprès de quelqu'un. D'accord. Mais auprès de qui ? Je ne vois vraiment pas. Je ne vais tout de même pas envoyer un mail à Sandrine pour l'autoriser à garder la photo de sa sale bête à poils sur son bureau quand même ! Dans mon agence, il y a des règles à respecter, et « pas d'effets personnels » est l'une d'entre elles.

Et pourquoi devrais-je me réhabiliter, d'abord ? Je n'ai jamais martyrisé personne. Je suis juste quelqu'un de franc, parce qu'il ne sert à rien d'entretenir les gens dans leur médiocrité, ce n'est pas leur rendre service.

Dire à Aurélie, à l'issue de l'une de ses présentations, qu'elle n'a aucune jugeote et qu'il serait préférable pour elle de choisir une orientation qui ne lui demande pas d'utiliser un cerveau que de toute façon elle n'a pas, ce n'est pas être méchant, c'est être réaliste. Je ne m'embarrasse pas d'incompétents.

Sauf que cette fichue douleur dans la poitrine est toujours présente et qu'elle va finir par me rendre folle. Jamais je ne pourrai me concentrer sur mes dossiers si elle ne me laisse pas tranquille.

Après avoir feuilleté sans succès, et à plusieurs reprises, mon répertoire professionnel, je décide d'élargir mes recherches. Je me lève avec précaution, pour ne pas exciter Guirty la pieuvre thoracique – c'est le petit nom que je me suis décidée à lui donner pour tenter de l'amadouer –, et me dirige vers mon dressing. Je crois que c'est là que j'ai rangé le carton contenant mes anciennes photos de classe.

Toute cette histoire n'a que trop duré. Je vais passer en revue les photos, choisir une personne au hasard, trouver ses coordonnées, lui passer un coup de fil pour un *mea culpa* express, et Guirty me fichera enfin la paix ; du moins, je l'espère.

— Mais où est ce foutu carton ? grommelé-je à genoux, en fouillant dans les méandres de mon dressing. Ah, le voilà !

Je le ramène à moi, et me redresse, non sans grimacer de douleur, avant de retourner dans le salon. Je ne sais pas pourquoi j'ai embarqué ces vieilleries lorsque j'ai emménagé ici. Je n'ai gardé contact avec aucun de mes camarades de classe et ils me sont tous parfaitement indifférents.

Je me concentre sur le cliché datant de ma terminale, incapable de me rappeler les noms de ceux qui s'y trouvent, quand mon doigt s'arrête sur une fille, une petite blonde un peu rondouillette aux cheveux longs.

— Comment s'appelle-t-elle déjà ? Un nom de pays, je crois... Ou celui d'un État américain. Kansas... Texas... Non, pas Texas, Dakota ! Voilà, elle s'appelle Dakota ! m'exclamé-je à voix haute. Kansas c'était le surnom de son frère[1].

Je me souviens qu'on la surnommait Texas parce que en plus de se prénommer Dakota, elle avait un frère qui, lui, s'appelait Austin. Quelle idée d'appeler ses enfants ainsi. Cette fille, avec faiblesse pour second prénom, donnait sans cesse l'impression qu'elle allait se mettre à pleurer. Tout ce qu'à l'époque, je détestais déjà.

— Dakota... Dakota... Dakota Lesage ! Ça y est, j'ai son nom complet. Guirty, tu vas bientôt pouvoir me débarrasser le thorax, je jubile.

Avec ça, je devrais facilement trouver comment la contacter. De nos jours, on peut tout savoir ou presque d'une personne grâce à Internet. Je pose la photo sur la table basse et me lève pour prendre mon ordinateur portable qui attend sagement que je l'utilise pour rattraper le retard accumulé. Quasiment une journée de perdue. En cette période de l'année, ça va être un enfer.

J'ouvre Google et tape « Dakota Lesage » dans la barre de recherche. Je m'attendais à devoir fouiller un peu, mais il n'en est rien, la première occurrence est la bonne. Le visage est le même, peut-être un peu plus affiné, mais avec cette même expression horripilante de chien battu. Je clique sur le lien et tombe sur la page d'une station locale, Radio Velours. Dakota Lesage est apparemment l'une de leurs animatrices vedettes.

---

1. Texas et Kansas sont dans un bateau...

— Radio Velours, bonjour, Anthony à votre service.

— Oui, bonjour, je souhaiterais parler à Dakota Lesage, s'il vous plaît.

— Madame Lesage n'est pas là. Elle anime l'émission de nuit, mais elle ne travaille pas ce soir. Vous pourrez sans doute la joindre demain. Elle arrive en général aux alentours de 22 heures, je peux prendre un…

— Ça ne peut pas attendre demain ! C'est important, très important. Ça concerne… son frère. Oui, ça concerne son frère, Austin. Il est impératif que je puisse l'avoir au téléphone. Est-ce que vous auriez son numéro de portable ?

— Je suis désolé, mais je ne crois pas que je…

— Anthony, je peux vous appeler Anthony ?

J'emploie la même stratégie qu'avec Guirty : pour se mettre une personne dans la poche, rien de plus efficace que de l'appeler par son prénom. Ça permet de créer une proximité affective. C'est l'une des premières choses que l'on apprend en marketing.

— Je suis Victoria Delmas, continué-je sans laisser le temps au dénommé Anthony de répondre. Dakota, Austin et moi étions ensemble au lycée. J'ai déjeuné avec Austin ce midi et il a dû être hospitalisé suite à un grave malaise cardiaque. Il faut absolument que je prévienne Dakota, mais je n'ai pas son numéro.

— Je ne sais pas, je…

— Vous connaissez bien Dakota ? Vous savez combien son frère est important pour elle ? Elle voudrait être à son chevet.

Intérieurement, je prie pour que ce soit toujours le cas. Dans mes souvenirs, ils étaient très proches du fait du décès de leurs parents dans un accident de voiture.

— Oui, euh oui, bien sûr. Attendez, le voici : 06 54 34 78 21.

— Merci beaucoup !

Sans autre cérémonie, je raccroche et compose le numéro de Dakota.

— Allô, oui ? répond-elle au bout de quelques sonneries.

— Tex… Euh, Dakota ?

— Oui…

— C'est moi, Victoria Delmas. Je ne sais pas si tu te souviens de moi ?

— Victoria Delmas… Non, désolée, ça ne me dit rien.

— Nous étions ensemble au lycée. Victoria, une grande fille rousse.

— Oui, peut-être… Et ? Enfin, je veux dire, je peux faire quelque chose pour toi ? me demande-t-elle sur un ton qui trahit sa parfaite ignorance de mon identité.

Cela risque-t-il de jouer en ma défaveur ? Je décide que non et maintiens mon cap.

— Tu vas sans doute trouver ça étrange, mais je tenais à te dire que j'étais désolée. À l'époque, je n'aurais pas dû… Enfin, tu vois, dire ce que j'ai pu te dire, je marmonne avec toute la sincérité dont je suis capable.

— Tu es désolée ?

— Oui. *Sincèrement.*

Ça me coûte, mais je préfère prendre des garanties en prononçant le mot à voix haute. La plaisanterie des elfes du paradis n'a que trop duré.

— Voilà, j'appelais juste pour te dire ça. Je te souhaite un très joyeux Noël. À toi et à toute ta famille.

Puis, satisfaite, je raccroche. Je suis certaine qu'ils n'ont jamais vu de candidat aussi efficace que moi au sein de leur programme de réhabilitation. De la détermination, voilà tout ce dont on a besoin dans la vie. S'ils insistent, j'accepterai de faire une vidéo de coaching pour leurs prochaines recrues.

— Bye bye, Guirty ! lancé-je en me levant…

… avant de m'écrouler, inconsciente.

7

Dakota

Immobile, le téléphone entre les mains, il me faut un certain temps pour recouvrer mes esprits.

— Qui était-ce ? m'interroge ma grand-mère alors que je me décide à poser l'appareil sur le plan de travail de la cuisine et à reprendre la préparation de nos pancakes aux myrtilles.

— Une fille qui était avec moi au lycée…

— C'est chouette, ça. Et pourquoi t'appelait-elle ?

— Pour s'excuser, je réponds, incrédule. Elle m'a demandé pardon pour s'être mal comportée avec moi à l'époque.

Si au départ son prénom ne m'a rien évoqué, les souvenirs reviennent peu à peu. Et ils ne sont pas particulièrement agréables.

Au lycée, j'étais plutôt une fille timide et effacée. La mort de mes parents avait suscité une pitié que j'avais du mal à supporter. La sollicitude de certains avait un goût de curiosité mal placée. Alors, je préférais être seule plutôt que de répondre aux inévitables questions « comment est-ce qu'ils sont morts ? », « est-ce que tu pleures tous les soirs ? », ou la pire de toutes, « est-ce que tu vas devoir aller vivre dans un orphelinat ? ».

Les années n'avaient rien atténué, la douleur – certes moins vive – restait présente et je préférais la gérer à ma manière en restant dans mon coin.

Victoria, elle, était tout mon contraire. Déléguée de classe, volontaire, et toujours au centre de l'attention. Elle me surnommait Texas et même si je détestais ça, je ne disais rien, espérant qu'elle finirait par se lasser. Elle ne ratait pas une occasion pour me railler. J'étais trop lente, je ne parlais pas assez fort, je rougissais pour un rien. « Essuie tes yeux, tu vas te noyer, Texas », « Ouvrez grandes vos oreilles, je crois que Texas va nous dire quelque chose. Ah non, au temps pour moi ».

Je me souviens qu'une fois, le sort – un mauvais sans aucun doute – nous avait désignées partenaires pour effectuer un exposé d'histoire. Elle m'avait aboyé dessus pendant les quinze jours précédant son rendu. Elle voulait absolument obtenir la meilleure note de la classe, il était donc hors de question que je lui fasse perdre des points à l'oral à cause de ma timidité. J'étais tellement angoissée la veille de notre passage que mes cordes vocales s'étaient bloquées, m'empêchant de présenter notre travail avec elle sur l'estrade. Nous avions obtenu un 18/20, sa présentation orale ayant été brillante, et mes cordes vocales avaient peu à peu repris du service.

— Tu aurais dû l'inviter pour le goûter, me suggère soudain Mounette, me sortant de ma torpeur. Tu n'invites jamais aucune de tes amies. À part Lucienne, nous ne voyons personne. Et l'on ne peut pas dire qu'elle compte comme un vrai être humain. Si c'est moi qui te gêne…

— Ne dis pas de bêtises, tu ne me gênes pas du tout. Et puis, tu es chez toi ici. C'est plutôt moi qui devrais m'excuser d'être dans tes pattes.

— Penses-tu ! Toutes mes amies sont mortes, donc ce n'est pas toi qui m'empêches de les voir.

Elle rit, puis son visage se fait soudain plus sérieux.

— Je sais que tu veux prendre soin de moi, que tu te sens redevable, me dit-elle. Mais tu ne devrais pas. Tu ne peux pas éternellement mettre ta vie entre parenthèses, je n'ai jamais souhaité que...

— Je ne mets pas ma vie entre parenthèses ! je la coupe. J'ai un travail que j'adore et des amies, même si je ne les vois pas beaucoup ces derniers temps.

— Je ne serai pas toujours là, ma chérie... Je m'en voudrais que tu te prives pour moi.

— Puisque je te dis que je ne me prive de rien ! On se les cuisine ces pancakes à la myrtille ? J'en rêve depuis des jours.

— Allons-y ! Et on les mangera devant *Sissi* !

— Tu veux encore regarder ce film ? me lamenté-je aussitôt.

— C'est une tradition de Noël ! Chaque année, juste avant de décorer le sapin, on regarde *Sissi*. Une tradition est une tradition, pas question d'y déroger.

— Tu aurais dû proposer ça à Lucienne hier soir.

— Pour qu'elle gâche tout ? Certainement pas ! Si tu veux mon avis, elle est encore pire que l'archiduchesse Sophie. C'est la belle-mère de Sissi, mais avec des hémorroïdes en plus !

Je ne peux m'empêcher d'éclater de rire devant la comparaison. Pauvre Lucienne, je lui offrirai une boîte d'allumettes pour la peine.

8
Victoria

De : Victoria DELMAS <victoria@VDAdvertising.com>
Envoyé : Vendredi 17 décembre 2021 21 h
À : Lexie GILLIS <lexie@VDAdvertising.com>
Objet : Absence lundi

Lexie,
Je ne viendrai pas à l'agence lundi. Je serai joignable par mail.
V.

De : Lexie GILLIS <lexie@VDAdvertising.com>
Envoyé : Vendredi 17 décembre 2021 21 h 05
À : Victoria DELMAS <victoria@VDAdvertising.com>
Objet : Re : Absence lundi

Il y a un souci ? C'est à cause de l'accident de ce matin ? Que dois-je dire à l'équipe ? Ton absence aujourd'hui n'est déjà pas passée inaperçue, alors celle de lundi...

Lexie Gillis,
Assistante de direction
VDAdvertising,
Notre créativité au service de votre développement.

De : Victoria DELMAS <victoria@VDAdvertising.com>
Envoyé : Vendredi 17 décembre 2021 21 h 08
À : Lexie GILLIS <lexie@VDAdvertising.com>
Objet : Re : Re : Absence lundi

Quelques douleurs dans la poitrine, mais cela devrait être réglé d'ici lundi soir.
Si l'on te demande, ne parle surtout pas de l'accident, inutile de déconcentrer l'équipe. Tu n'as qu'à leur dire que je suis en formation.
Vérifie que tout le monde a bien bloqué sa journée du 26 décembre pour débriefer sur le rapport 2021 que je t'enverrai comme convenu pour mise en forme d'ici au 23 décembre.
V.

De : Lexie GILLIS <lexie@VDAdvertising.com>
Envoyé : Vendredi 17 décembre 2021 21 h 13
À : Victoria DELMAS <victoria@VDAdvertising.com>
Objet : Re : Re : Re : Absence lundi

Justement, je voulais t'en parler, le 26 décembre tombe un dimanche... J'espère que tes douleurs vont disparaître.

Je lève les yeux au ciel et soupire. Au moins, cette année, Noël tombe un samedi et on ne perd pas une journée de travail. C'est toujours ça de pris.

De : Victoria DELMAS <victoria@VDAdvertising.com>
Envoyé : Vendredi 17 décembre 2021 21 h 21
À : Lexie GILLIS <lexie@VDAdvertising.com>
Objet : Re : Re : Re : Absence lundi

Va pour le 27 décembre alors ! Je ne comprendrai jamais pourquoi la semaine ne commence pas le dimanche. De toute façon, c'est un jour mort, non ? Tout est fermé et tout le monde se plaint de s'ennuyer. Alors, autant travailler.

Je referme l'écran de mon ordinateur, contrariée comme jamais. Elles m'ont bien eue, les deux elfes. Dans un contexte normal, j'aurais dénoncé ce contrat en recommandé avec accusé de réception pour défaut de signature. Mais, en ce qui concerne le centre de réhabilitation de Noël, je suis démunie. Est-ce qu'il existe une quelconque juridiction là-haut ?

Lorsque j'ai repris connaissance après mon malaise, j'ai immédiatement compris dans quelle galère je me trouvais. Un *mea culpa* téléphonique ne suffit pas. Il leur en faut plus. Je vais donc devoir me rendre chez Dakota et faire je ne sais quoi pour me racheter auprès d'elle. Si ça ne tenait qu'à moi, j'y serais allée dès demain, mais vu la tête que j'ai, pas sûre qu'elle m'ouvre sa porte. Et puis, j'ai accumulé du retard aujourd'hui, beaucoup de retard. Je vais profiter du week-end pour le rattraper et prendre de l'avance sur ma journée de lundi qui sera probablement en partie fichue. Heureusement, je planifie toujours d'un mois sur l'autre, donc mes tâches de lundi m'attendent, listées par ordre de priorité dans mon agenda.

— C'est bon pour vous si j'attends lundi ou je peux m'attendre à être foudroyée sur place par une crise cardiaque d'ici ce soir ? je crie, les yeux levés vers mon plafond.

Pas de réponse de Guirty, je prends ça pour un oui.

Comme c'est bientôt Noël, peut-être qu'ils veulent que j'offre quelque chose à Dakota ? pensé-je soudain.

Chaque année, c'est Lexie qui se charge d'acheter des cadeaux pour ma famille. Je n'ai ni le temps ni l'envie de me consacrer à cette tâche. D'autant plus que, chez moi, l'ouverture des paquets sera expédiée en moins de dix minutes, merci inclus.

Une grande boîte de chocolats devrait faire l'affaire. Tout le monde aime le chocolat.

Il m'a fallu une nouvelle fois utiliser toute ma force de persuasion auprès d'Anthony pour lui faire avaler que je ne parvenais pas à joindre Dakota sur son téléphone et qu'il fallait absolument qu'il me donne son adresse afin que je puisse me rendre chez elle pour la prévenir de l'hospitalisation de son frère. Heureusement pour moi, l'univers regorge de personnes aussi stupides qu'incompétentes.

Lundi, je vais donc devoir prendre ma voiture pour me rendre à Savannah-sur-Seine, une insignifiante ville de banlieue pour convaincre une ancienne fille de mon lycée, qui m'indiffère complètement, que je regrette le comportement que j'ai eu avec elle. En espérant que cela suffise à ce que Guirty investisse un autre thorax que le mien. Qu'est-ce que je pourrais faire de plus de toute façon ? Lui offrir un job ? Nous avons déjà Sandrine qui pleure son toutou adoré, nul besoin de rajouter la larmoyante Dakota, orpheline de père et de mère.

Il est donc impératif que cette entrevue suffise. Après tout, si je suis capable de convaincre des consommateurs d'acheter à prix d'or un objet dont ils n'ont aucun besoin, et qui sera obsolète dans trois mois à peine, je dois bien arriver à convaincre de ma sincérité une fille qui était tellement tétanisée ne serait-ce qu'à l'idée de parler en public qu'elle en devenait aphone.

J'évite de penser au rapport 2021 que je dois finaliser et que je n'aurai pas le temps d'entamer ce week-end, comme je le prévoyais avant ce stupide accident de bus.

J'ai horreur de prendre du retard sur les échéances que je me fixe. Savoir rester maître de son temps, c'est la clé du succès.

S'il le faut, je travaillerai le 24 après le repas chez mes parents qui, de toute façon, ne s'éternise jamais au-delà de 22 heures.

LUNDI 20 DÉCEMBRE

9
Victoria

Après une séance de pilates, une petite heure de travail pour répondre aux nouveaux mails reçus entre hier minuit et ce matin 7 heures, ainsi qu'un passage rapide chez un chocolatier de mon quartier où j'ai acheté la plus grande boîte disponible, j'arrive un peu avant 11 heures à Savannah-sur-Seine, petite ville de province située à près d'une heure de trajet de chez moi. Les routes toujours partiellement enneigées n'ont pas facilité ma progression. Le verglas n'étant pas ma surface de prédilection, j'ai préféré ne pas dépasser le 40 à l'heure, ce qui m'a valu un nombre incalculable de coups de klaxon d'automobilistes aigris. Franchement, je ne vois pas le problème ; il y a deux voies sur une autoroute, ils n'avaient qu'à me doubler. L'avantage, c'est que j'ai eu tout loisir de réfléchir à la manière dont j'allais m'y prendre pour obtenir mon précieux sésame : le pardon de Dakota. Sur la base des techniques marketing bien rodées, j'ai bâti un solide argumentaire.

Je repère une place de stationnement qui, si j'en crois l'application GPS de mon téléphone, se trouve à moins de 100 mètres de sa maison. Si je reste sagement sur le trottoir, et que je me tiens loin des bus, ça devrait bien se passer.

Les elfes n'oseraient quand même pas me faire le coup deux fois de suite !

Je sors de ma voiture, les bras chargés à cause de mon sac à main et de cette énorme boîte de chocolats que je regrette en cet instant d'avoir choisie aussi grande, et je me dirige d'un pas décidé vers l'adresse que m'a indiquée Anthony hier. Il fait un froid de canard, le sol est on ne peut plus glissant à cause de la neige tombée en abondance ; néanmoins, avec les décorations de Noël installées un peu partout dans les arbres, les vitrines et sur le mobilier urbain, la rue vend du rêve. Ajoutez des décorations de Noël dans une publicité, et c'est une augmentation de 15 % des ventes à la clé. Même les eaux turquoise et les plages de sable fin ne font pas aussi bien.

Alors que je suis en train de réfléchir à un moyen de coupler féerie de Noël et plages paradisiaques dans une campagne publicitaire pour générer un rendement maximal, j'entends mon téléphone sonner dans mon sac à main. Mon premier réflexe est de répondre, mais j'approche de la maison de Dakota, et je ne tiens pas à perdre du temps ou à prolonger mon escapade dans cette ville au nom sympathique – mais néanmoins de banlieue – plus que nécessaire.

À peine quelques secondes plus tard, un second appel fait vaciller ma résolution. Et si c'était urgent ? Et si un dossier avait besoin de mon aval immédiat sous peine de nous passer sous le nez ? C'est déjà bien assez d'avoir perdu ma journée de vendredi. Il faut que je réponde. Mais c'est sans compter la boîte de chocolats qui m'encombre, mes pieds qui dérapent sur le verglas, et mon téléphone qui a décidé de se cacher au fin fond de mon sac à main. La sonnerie s'arrête et, malgré le froid, une goutte de transpiration perle sur ma tempe. Le répondeur a dû se mettre en route, ou pire, mon interlocuteur a raccroché. Ne pas répondre au téléphone n'est pas dans mes habitudes. Quelle que soit la situation, ou le lieu – aux toilettes, en pleine épilation du maillot, au cimetière –, je décroche toujours. C'est une règle d'or. Un appel professionnel justifie toute interruption, même sexuelle. Et si mon partenaire trouve quelque chose à y redire, c'est qu'il n'a rien à faire dans mon lit.

En entendant mon portable sonner pour la troisième fois, je deviens presque folle. Cette fois-ci, je m'arrête, m'agenouille en grimaçant, pose mon sac à main par terre, ainsi que la boîte de chocolats – tant pis, le fond sera mouillé –, et plonge ma main à la recherche du graal. Lorsque mes doigts entrent en contact avec la coque du téléphone, que je reconnaîtrais entre mille puisqu'elle est collée à la paume de ma main les trois quarts du temps, je saisis l'objet et me redresse, victorieuse, pour déverrouiller l'appel, sans même prendre le temps de regarder l'écran qui aurait pu me renseigner sur l'identité de mon interlocuteur.

— Victoria Delmas.

— C'est moi, Lexie. Je commençais à m'inquiéter, je suis tombée deux fois sur ton répondeur. D'ailleurs, je crois que c'est la première fois que j'entends ton message d'absence…

— Un client mécontent ?

— Non, rassure-toi, c'est juste Julien qui a la grippe. Il a quarante de fièvre.

— Ouf. Un instant, j'ai cru qu'il se passait quelque chose de grave. Dis-lui de prendre du paracétamol, envoie-lui-en par coursier s'il le faut, mais fais en sorte qu'il soit à l'agence en début d'après-midi au plus tard. Constance est revenue travailler trois jours après sa césarienne, alors ce n'est pas une malheureuse fièvre qui va…

Je n'ai pas le temps de terminer ma phrase, interrompue sur ma lancée par la chute d'une personne qui vient de se prendre les pieds dans la lanière de mon sac à main[1].

— Hé ! Vous ! Vous ne pouvez pas faire attention et regarder où vous mettez les pieds ? Je vous signale que ce sac vaut une fortune. Je vais devoir te laisser, Lexie, une personne vient de piétiner sans vergogne mon sac Chanel. Et dis bien à Julien que je le veux à son poste à 14 heures au plus tard, je lance avant de raccrocher.

La femme qui vient de tomber grimace et semble avoir du mal à se relever. Est-ce une ruse elfique pour me détourner de ma mission du jour ? Ce serait bien leur genre.

À bien y regarder, il me semble que l'épaule droite de la femme ne se trouve plus vraiment là où elle devrait être[2]. Je ne suis pas la seule à m'en apercevoir puisque cette dernière se met à hurler en constatant à son tour que son épaule a descendu un ou deux étages corporels.

— Vous ne pouviez pas faire attention ! aboie-t-elle aussitôt.

— Alors là, c'est le marketing qui se fout de la publicité ! C'est vous qui venez d'abîmer mon sac à main !

— Que faisait-il en plein milieu du chemin ? chouine-t-elle.

— Rien de mal, ne vous en déplaise.

Avisant son téléphone ayant atterri non loin d'elle, je laisse parler mon bon cœur et fais quelques pas pour le ramasser et le lui rendre. Une vidéo, que la femme était sûrement en train de visionner, continue à se dérouler. Une histoire de crevettes. Les gens sont franchement bizarres.

---

1. On ne rit pas. Les lanières de sacs à main sont hautement accidentogènes.
2. Qu'est-ce que je disais ? Interdisons les lanières de sacs à main !

— Ça vous servira de leçon. La prochaine fois, au lieu d'avoir les yeux rivés sur votre portable, vous regarderez devant vous, lancé-je en le lui tendant.

Elle saisit son bien de son bras valide non sans gémir de douleur. Quelle douillette. Hier, je me suis pris un bus, moi. Est-ce que l'on m'entend me plaindre ? Non. Alors on ne va pas faire toute une histoire d'une pauvre épaule luxée. Si cette femme a vu *Les bronzés font du ski*, elle sait que ce ne sera l'affaire que d'une minute et d'un coup de bâton. L'espace d'un instant, je songe à lui laisser la boîte de chocolats, qui doit à présent être détrempée de toute façon, mais je me rends compte qu'avec son téléphone dans une main et l'autre inutilisable, elle n'en ferait pas grand-chose.

Je ramasse donc la boîte ainsi que les quelques objets qui se sont répandus sur le sol et les replace dans mon sac.

— Je vous souhaite une bonne journée, salué-je poliment la femme, avant de reprendre mon chemin vers la maison de Dakota.

Avec tout ça, il va bientôt être 11 h 30. J'ai déjà perdu bien trop de temps.

10

Dakota

— Je n'ai pas besoin que Lucienne vienne me surveiller ! s'écrie Mounette avant de s'enfermer dans sa chambre en claquant violemment la porte.

Je craignais qu'elle ne réagisse ainsi, c'est pourquoi j'ai attendu le dernier moment pour lui parler de ma réunion de ce midi et lui annoncer que j'avais sollicité Lucienne pour qu'elle veille sur elle en mon absence.

— C'est pas comme si je risquais de mettre le feu à la maison. Je peux très bien me débrouiller toute seule, ajoute ma grand-mère avant de refermer de nouveau sa porte d'un coup sec.

Oui, enfin… Si Butch n'avait pas été là pour me réveiller et m'indiquer qu'il y avait un problème dans la cuisine…

— Je préfère encore périr par les flammes que mourir d'ennui avec cette femme ! persiste-t-elle avant de claquer pour la troisième fois sa porte de chambre.

— Mounette, je serai plus tranquille si tu ne restes pas toute seule. On ne sait jamais, avec tout ce qu'on entend, une personne mal intentionnée pourrait entrer dans la maison par effraction, pensant qu'il n'y a personne.

— Et tu crois que la présence de Lucienne sera utile dans une situation pareille ? m'interpelle ma grand-mère après avoir passé sa tête dans l'embrasure. Que pourrait-elle bien faire ? Construire une tour Eiffel en allumettes pour détourner son attention ? Le faire fuir en lui montrant une vidéo sur comment décortiquer une crevette ? Quoique, à bien y réfléchir, cette deuxième option est bien trop cruelle, même pour un cambrioleur sans scrupules. Personne ne mérite de regarder ça ! Personne.

Et vlan ! Quatrième claquage de porte.

Je me retiens pour ne pas éclater de rire. Je ne sais pas ce qu'il m'a pris de suggérer à Lucienne qu'elle partage ses centres d'intérêt avec ma grand-mère. Dès que les fêtes seront passées, je demanderai à l'agence de services à la personne s'ils peuvent nous envoyer quelqu'un d'autre, qui ne soit de préférence ni fan de *Thalassa* ni collectionneuse d'allumettes. S'il le faut, j'établirai une fiche descriptive avec Mounette. Mais en attendant, il faudra bien faire avec Lucienne. Et d'ailleurs, que fait-elle ? J'avais demandé qu'elle arrive vers 11 heures afin de pouvoir partir sur le coup des 11 h 30, et elle a déjà près de quinze minutes de retard.

Le bruit d'une feuille qu'on glisse sous la porte me ramène à l'instant présent. Je me baisse pour ramasser le papier plié en deux, Mounette y a inscrit : *Puisque tu ne veux pas entendre raison, je débute à partir de cette minute une grève de la faim. Pour une durée indéterminée. Je n'ai qu'une unique revendication : l'extradition de Lucienne loin de cette maison.* Cette fois-ci, je ne peux m'empêcher de rire.

— Au cas où tu l'aurais oublié, on a prévu de faire des sablés de Noël ce week-end. Et il se trouve qu'une auditrice m'a justement envoyé une recette à base de caramel au beurre salé.

Ma grand-mère a toujours été gourmande mais, avec l'âge, ses préférences ont dérivé du salé vers le sucré.

Avant, elle se serait damnée pour un risotto aux cèpes, mais aujourd'hui, elle y renoncerait sans hésiter contre une assiette de cookies. Elle est tellement gourmande que je ne crois pas une seule seconde à sa menace de grève de la faim, si grande soit son aversion pour Lucienne…

Lucienne qui, d'ailleurs, est maintenant très en retard, ce qui est très inhabituel.

Le calme semblant régner dans la chambre de ma grand-mère, je décide de m'éloigner un peu pour passer un coup de fil à l'agence. Peut-être y a-t-il eu une incompréhension entre nous.

Je suis en train de composer le numéro lorsque l'on sonne à la porte. Soulagée, je me précipite pour ouvrir.

— Vous avez oublié vos clés, Luc… ?

Je m'interromps brusquement. Ce n'est pas du tout la garde-malade qui se tient devant moi.

— Dakota ? Tu te souviens de moi ? Victoria Delmas, m'indique la femme. Je t'ai apporté des chocolats. Bon, il faudra les changer de boîte, mais ils sont encore comestibles. Je peux entrer ?

11
Victoria

Si je la compare à la photo de classe que j'ai exhumée hier, Dakota n'a pas beaucoup changé depuis le lycée. Si je ne l'avais pas totalement oubliée, j'aurais pu la reconnaître dans la rue. En revanche, vu la tête qu'elle fait, pas sûr qu'elle me remette.

— Victoria Delmas ? Nous étions dans la même classe au lycée ? Je t'ai appelée hier...

— Ah oui, Victoria. Euh... Pardon, mais pourquoi est-ce que tu viens me voir ? Et puis d'ailleurs, comment connais-tu mon adresse ? me demande-t-elle, méfiante.

— Est-ce que je peux entrer ? fais-je en éludant la question. Je ne sais pas si tu vois toute cette neige, mais il ne fait pas très chaud dehors, alors...

Elle s'écarte pour me laisser entrer chez elle, non sans avoir hésité quelques secondes.

Un comité d'accueil plutôt massif et poilu m'attend dans le couloir. Je n'ai jamais été très à l'aise avec les chiens et l'animal doit le sentir parce qu'à peine ai-je franchi le seuil qu'il émet quelques grondements peu engageants.

— Butch ! le rabroue Dakota. Va dans ton panier.

Nullement impressionné, et encore moins décidé à lui obéir, le dalmatien se couche de tout son long en travers du couloir. Sans me quitter du regard.

— Tu exagères, Butch ! La prochaine fois, ne compte pas sur moi pour te défendre contre les mouches, dit-elle tout en l'enjambant. Je suis assez pressée, m'indique Dakota en me faisant signe de la suivre. Je devrais même être déjà partie, je vais finir par arriver en retard à ma réunion.

Je fais quelques pas vers l'animal étendu et rassemble mon courage pour l'enjamber à mon tour, aussi vite que possible, avant qu'il ne lui prenne l'idée de se redresser. Après m'être pris un bus, il n'est pas dans mes intentions de chuter à cause d'un chien, si imposant soit-il.

Je rejoins Dakota dans la cuisine. Concentrée sur son portable, elle a le front soucieux.

— Comme je te le disais, je t'ai apporté des chocolats. Il est possible qu'ils aient passé quelques minutes par terre dans la neige, mais je ne pense pas que cela ait altéré leur goût.

— C'est gentil. Mais il ne fallait pas, me répond-elle sans vraiment prêter attention à mon cadeau Tu peux les déposer sur la table.

Je m'exécute, avant d'enlever mon manteau que j'installe sur le dossier d'une chaise proche de moi.

— Je sais ce que tu dois être en train de penser. Pourquoi diable est-ce que je cherche à te recontacter après toutes ces années ? C'est assez simple, en fait. Je dirige une agence de publicité, et il y a quelques jours, j'écoutais mes collaborateurs discuter de leurs années lycée et de ce qu'ils feraient différemment s'ils pouvaient revenir en arrière. Personnellement, je trouve que trop regarder derrière soi, c'est le meilleur moyen de ne pas voir le mur qui vous arrive en face. Mais, en les écoutant, je n'ai pu faire autrement que de me poser moi aussi la question. Et c'est ton prénom qui m'est tout de suite venu à l'esprit. Dakota, l'adolescente timide qui avait perdu ses parents. Aussitôt, je me suis dit que j'aurais dû être présente pour toi. Que j'aurais pu t'apporter mon aide. Et quelle meilleure période que celle des fêtes pour venir te dire, les yeux dans les yeux, que je regrette, Dakota. Oui, profondément, et sincèrement, je regrette de ne pas avoir été l'amie que j'aurais dû être pour toi.

J'ai bien fait d'inventer cette histoire et de préparer mon discours, les mots me viennent sans difficulté et avec la conviction nécessaire. Il ne fait aucun doute que d'ici quelques minutes, touchée en plein cœur, Dakota aura les larmes aux yeux. Dans moins d'une demi-heure, je serai de nouveau dans ma voiture, débarrassée de la pieuvre thoracique, avec en bonus la satisfaction d'avoir semé quelques graines de bonheur. Peut-être même que c'est un exercice que je referai chaque année. Et tout cela ne m'aura coûté qu'une boîte de chocolats, c'est fou !

Chocolats qu'une vieille dame que je n'ai pas entendue arriver, concentrée que j'étais sur mon discours, est en train de manger, assise à l'autre bout de la table. C'est sans doute la grand-mère de Dakota. Il me semble que c'est chez elle qu'elle et son frère sont allés vivre suite au décès de leurs parents.

Dakota ne semble pas avoir vu arriver la vieille dame non plus, ni entendu ce que je viens de lui dire, ce qui m'ennuie nettement plus.

Ne me dites pas qu'il va falloir que je recommence ? me dis-je en soufflant. Tout publicitaire digne de ce nom sait qu'on est toujours moins performant lors d'une seconde présentation.

— C'est une nouvelle garde-malade ? demande soudain la vieille dame. J'ai eu gain de cause, Lucienne et ses vidéos de pêche à la crevette ne reviendront plus hanter mes nuits ?

— Non, ce n'est pas la nouvelle garde-malade, lui répond Dakota. C'est… euh, Victoria. Elle était au lycée avec moi. Quant à Lucienne, je n'ai aucune nouvelle d'elle, et ça commence à m'inquiéter. Elle est toujours en avance d'habitude. Je sais que tu ne la portes pas dans ton cœur, mais tu pourrais faire preuve de sollicitude, peut-être qu'elle est malade, ou pire, qu'elle a eu un grave accident.

Je ne me sens pas très bien. Je trouve qu'il fait très chaud tout à coup dans cette cuisine, et je commence à avoir du mal à respirer. Tout ça à cause d'une phrase prononcée par la grand-mère de Dakota. « Lucienne et ses vidéos de pêche à la crevette ne reviendront plus hanter mes nuits. » Pourvu que…

— À quoi ressemble-t-elle, cette Lucienne ? me décidé-je à demander.

— À une vieille pomme rabougrie dans le corps d'une jeunette.

— Mounette… soupire Dakota. Pourquoi ? m'interroge-t-elle.

— Eh bien… Il me semble avoir vu une dame chuter alors que je me dirigeais par ici. Peut-être s'agissait-il de la personne que vous attendez ?

— Ma poupée vaudoue aurait-elle enfin fonctionné ? s'exclame la surnommée Mounette sans chercher à dissimuler sa joie.

Le bip marquant l'arrivée d'un message la fait taire.

— C'était bien Lucienne que tu as vue, Victoria, nous informe Dakota, tout en prenant connaissance du message reçu. Elle est à l'hôpital. Avec sans doute une épaule luxée. Apparemment, c'est une femme qui a causé sa chute.

Je rêve ! Moi qui étais en train de prévoir de demander à Lexie de lui faire livrer un bouquet de fleurs… *Elle ne manque pas d'air !* Quand on ne regarde pas où on met les pieds, on ne rejette pas la faute sur les autres. Elle peut aller se faire voir pour les fleurs.

— En voilà une bonne nouvelle ! s'enthousiasme la grand-mère de Dakota.

— Tu ne peux pas dire ça. Une luxation de l'épaule, ça doit faire un mal de chien. Sans compter qu'elle va sans doute être immobilisée et avoir de la rééducation à faire. Comment va-t-on s'organiser sans elle ?

— Je te répète que je peux très bien m'occuper de mes petites fesses, quoique petites ne soit pas le bon mot, digresse la vieille dame. Et puis je ne serai pas toute seule, Butch sera avec moi. Hein, Butch ?

Un aboiement à faire trembler les murs de la maison accueille cette remarque, aussitôt suivi d'une arrivée toute queue remuante dudit Butch dans la cuisine.

— Tu sais très bien ce qu'il en est, soupire Dakota. Je vais appeler l'agence et voir s'ils peuvent nous proposer une solution pour ce soir. Pour ce qui est de ma réunion de ce midi, je vais prévenir la radio que je ne pourrai pas être présente. De toute façon, elle ne va pas tarder à commencer.

— Non, je refuse que tu sois obligée d'annuler quoi que ce soit à cause de moi, je te l'ai déjà dit, s'emporte la grand-mère de Dakota. Puisque tu tiens absolument à ce que quelqu'un « veille » sur moi, peut-être que ton amie peut rester ici, le temps de ta réunion ? Après tout, elle ne peut pas être pire que Lucienne. Vous ne nourrissez pas de passion pour les crustacés ou autres animaux marins ? me demande-t-elle en se tournant vers moi.

— Euh… Non, pas à ma connaissance, mais…

— Alors, c'est réglé. Dakota, tu files à ta réunion, et je reste avec…

— Victoria, réponds-je à son interrogation silencieuse.

— C'est ça, je reste avec Victoria.

Comment ça, « Je reste avec Victoria » ? Victoria n'a rien proposé de tel. Victoria a d'autres choses bien plus importantes à faire. Et, par-dessus tout, Victoria déteste les vieux ! Ces personnes qui, pour le coup, n'ont pas d'autre alternative que de regarder en arrière, puisqu'il n'y a plus grand espoir devant.

— C'est-à-dire que…, commencé-je en me levant de ma chaise, avant de m'y rasseoir, le souffle coupé par Guirty, qui, visiblement, valide elle aussi le « Je reste avec Victoria ».

Donc, si je comprends bien, parce que, il y a des années j'ai un peu bousculé une fille qui avait le charisme d'un balai, je dois aujourd'hui servir de mamie-sitter à une vieille femme grincheuse qui sent la naphtaline ? Ça n'irait pas un peu trop loin, cette histoire ? Je me suis excusée, j'y ai mis tout mon cœur. J'ai même apporté des chocolats ! Qu'est-ce que je peux faire de plus ?

La réponse de Guirty ne se fait pas attendre. L'étau se resserre autour de mon cœur.

— … bien sûr, je serai ravie de m'occuper de…

— Antoinette, répond à son tour la vieille dame.

— Je serai ravie de m'occuper d'Antoinette.

Guirty relâche sa prise, la douleur s'estompe. Je maudis les elfes maléfiques et leur contrat impossible à dénoncer.

— J'ai pris ma journée de toute façon, et je ne suis pas pressée.

Si l'on était dans un conte, mon nez serait déjà si long qu'on pourrait y suspendre toute une tournée de linge.

— Tu vois, ma chérie, je ne serai pas seule. Allez, file ou tu vas être très en retard.

Dakota semble hésiter mais, comme toutes les personnes de son genre, elle est dotée d'une capacité hors norme à accorder sa confiance aux gens. Alors que la méfiance est la base de toute vie en société. Même votre meilleure amie peut vous planter un poignard dans le dos, vous voler une promotion ou vous piquer votre mec. Toujours y être préparée et ne pas avoir de meilleure amie sont deux règles d'or auxquelles je ne déroge jamais.

— D'accord, Mounette. Mais tu m'appelles s'il y a quoi que ce soit. Et, Victoria… Merci. Tu me retires une épine du pied.

— Il n'y a pas de quoi. Je suis toujours prête à rendre service.

Victoria : 1 – Guirty : 0

Si l'on fait abstraction de Pinocchio.

12

Victoria

Cela ne fait pas dix minutes que Dakota a quitté la maison que déjà l'ennui me donne envie de m'arracher les ongles de pied avec une tenaille. Pour couronner le tout, il est midi passé et je commence à avoir faim.

De son côté, Antoinette ne semble pas plus perturbée que ça. Son estomac ne doit pas crier famine vu qu'elle a englouti l'air de rien la moitié de la boîte de chocolats.

— Alors, comme ça, vous étiez au lycée avec ma petite-fille ?

— Oui. Nous étions dans la même classe de la seconde à la terminale.

— Jamais entendu parler de vous, m'assène-t-elle.

— Nous n'étions pas vraiment amies. Mais il nous est arrivé de travailler ensemble à quelques reprises.

— Vous n'étiez pas vraiment amies, vous avez quitté le lycée depuis presque vingt ans, mais alors, pourquoi êtes-vous là ?

C'est moi, ou en plus d'être vieille, elle est pénible ?

— Comme je l'expliquais tout à l'heure à Dakota, je voulais seulement m'excuser de ne pas avoir été là pour elle.

— Foutaises ! Je croirais m'entendre dire à mes anciennes patientes que leur nouveau-né rougeaud et fripé est le plus beau bébé que j'aie jamais vu. J'étais médecin gynécologue. Et je peux vous dire que, durant ma carrière, j'ai été amenée à mentir un nombre incalculable de fois.

— Ça ne rend jamais service aux gens de leur mentir. Tôt ou tard, ils devront faire face à la triste réalité. Un jour, leur enfant rentrera en pleurant de l'école parce qu'on lui aura dit qu'il était laid comme une pelle. Alors autant les y préparer dès leur naissance.

Antoinette éclate de rire.

— Le moins qu'on puisse dire, c'est que vous n'êtes pas comme Lucienne. Je ne sais pas ce qui vous amène vraiment ici, mais vous me plaisez beaucoup.

— Elle était si terrible que ça, cette Lucienne ?

— Pire encore ! Même un opossum aurait eu envie de se jeter du haut d'un arbre après avoir passé une demi-heure avec elle. Bon débarras ! À l'inverse, je sens que, avec vous, je ne vais pas m'ennuyer.

— N'allez pas croire que je compte m'éterniser ici. J'ai une vie, figurez-vous. Et un travail. Je dirige une agence de publicité, et vous pouvez être sûre que si je m'absente trop longtemps, les bureaux auront tôt fait d'être envahis de photos d'animaux de compagnie ou pire, de portraits d'enfants.

— Et ce serait grave ? J'ai quelques photos de Butch accrochées aux murs de ma chambre. Elles sont du plus bel effet.

— Toute forme de distraction est nuisible. Quand on veut quelque chose, il faut rester focus sur son objectif. Ne pas en dévier. Jamais. C'est comme cela que l'on atteint les objectifs qu'on s'est fixés. Pas autrement. Y travailler, c'est ce qui me fait me lever chaque matin.

— Moi c'est l'arthrose. Chacun sa croix. Et sinon, que comptez-vous nous cuisiner pour ce midi ?

— Vous avez encore faim après tous les chocolats que vous avez engloutis ?

— Des chocolats ? Quels chocolats ?

— Ceux de la boîte devant vous, je réponds devant l'air tout à fait sérieux de la vieille dame.

— Jamais vu cette boîte de ma vie, affirme-t-elle sans aucune once de mauvaise foi.

L'espace d'un instant, son regard se voile d'inquiétude. Mais cela ne dure pas.

— Vous savez cuisiner, j'espère ! reprend-elle sans autre forme d'explication.

— Hormis quand on est femme au foyer, je ne vois pas quel est l'intérêt de savoir cuisiner, je délègue donc cette tâche à d'autres et me fais livrer. Qu'est-ce qui vous ferait plaisir ? Japonais ? Vietnamien ? Coréen ? je lui propose tout en faisant défiler les restaurants disponibles sur l'application de mon téléphone. C'est moi qui invite.

— Vous n'avez rien de plus près ? Je suis malade en avion, me répond-elle, avant d'avaler un autre chocolat.

13
Dakota

— Vous êtes sûre de n'avoir personne de disponible pour remplacer Lucienne le temps de sa convalescence ? D'ailleurs, vous lui ferez parvenir nos vœux de prompt rétablissement.

— Ce sera fait. Et non, je suis désolée, nous n'avons personne de disponible. Entre les arrêts maladie et les congés de fin d'année, nous sommes en sous-effectif chronique durant les fêtes.

— Mais comment va-t-on faire ? Comme vous le savez, ma grand-mère ne peut plus rester toute seule. La dernière fois que c'est arrivé, elle a failli mettre le feu à la cuisine.

— Je comprends mais, comme je vous l'ai dit, nous sommes…

— En sous-effectif chronique, j'ai compris. Mais il faut que vous me trouviez une solution !

— Je suis désolée. Je ne peux rien faire. Peut-être pourriez-vous poser des congés pour…

Je raccroche, envahie par la colère et un soupçon de panique, sans même lui laisser le temps de terminer sa phrase. *Que croit-elle ? Que je peux poser des vacances, comme ça, du jour au lendemain ?* On voit bien qu'elle ne connaît rien à la déprime liée à l'approche des fêtes de Noël.

Chaque soir, les appels se bousculent au standard. Je ne peux clairement pas m'absenter en ce moment.

Au bord du désespoir, je compose le numéro de mon frère.

— Hellooooo Dakodak, comment ça va ?

— Est-ce que je peux espérer qu'un jour tu cesseras d'utiliser ce surnom débile ?

— L'espoir fait vivre, me répond-il avant d'éclater de rire. Que me vaut le plaisir de ton appel, la sœur ?

— C'est Lucienne, elle s'est luxé l'épaule.

— Lucienne, la fétichiste des allumettes ?

— Ah… Mounette t'a raconté ?

— En long, en large et en travers. À l'entendre, elle s'apprêtait à démarrer une grève de la faim.

— Oui, eh bien, ce n'est plus d'actualité puisque Lucienne est forfait pour quelques semaines. Et l'agence de services à la personne ne peut m'envoyer personne d'autre parce qu'ils sont en sous-effectif durant les fêtes. C'est pour ça que je t'appelle, Austin…

— Je te vois venir… Je suis désolé, mais je ne vais pas pouvoir t'aider sur ce coup.

— Austin, s'il te plaît ! Au lieu d'arriver le 23 comme chaque année, tu peux exceptionnellement faire un effort, et arriver… disons le 21 ?

— Demain ? J'aimerais pouvoir, je te jure, Dakodak, mais j'ai un enregistrement studio prévu le 22 et je ne peux pas faire faux bond au groupe. Tout est booké depuis des semaines.

— Évidemment, une fois encore, je ne peux pas compter sur toi, lui rétorqué-je sans chercher à dissimuler mon agacement.

— On en a discuté à plusieurs reprises déjà, tu sais ce que j'en pense.

— Il n'est pas question de la placer, Austin ! Je ne le supporterais pas, et elle non plus.

— Tu as conscience du fait que tu ne pourras pas la surveiller – ou la faire surveiller – *ad vitam aeternam* ? Parce que les mois passant, ses troubles vont s'aggraver et…

— Je ne te retiens pas plus longtemps, je te laisse retourner à ta vie de musicien insouciant. Bonne journée, Austin, lui asséné-je avant de raccrocher, les larmes aux yeux.

Qu'est-ce qu'il croit ? Que je ne sais pas qu'il me sera impossible de garder Mounette avec moi encore longtemps ? Que je ne sais pas que son état va empirer ? Bien entendu que je suis au courant. Je ne le sais que trop bien. Mais tant que je peux encore la protéger d'elle-même, je le ferai. Je lui dois bien ça.

* * *

Une fois rentrée à la maison, je découvre ma grand-mère somnolant sur le canapé du salon, et Victoria, assise près d'elle dans un fauteuil, absorbée par son portable et tapant des messages à la vitesse de l'éclair. Le spectacle est assez fascinant, je dois dire.

— Tout s'est bien passé ? demandé-je à voix basse pour ne pas risquer de réveiller ma grand-mère.

Il lui faut quelques instants pour lever les yeux de son téléphone, et quelques secondes supplémentaires pour se souvenir de là où elle se trouve.

— Euh oui, oui. J'ai commandé à manger pour nous deux, puis ta grand-mère s'est endormie. Rien à signaler.

— Bon, tant mieux. Merci encore de… de m'avoir dépannée. Combien est-ce que je te dois pour le repas de ce midi ?

— Rien du tout, c'est pour moi. Comme je te l'ai dit ce matin avant que tu doives t'absenter, je suis venue pour faire amende honorable. C'est donc le moins que je puisse faire.

— Alors, merci.

Aussitôt, elle se lève et range son téléphone dans son sac posé à ses pieds.

— Si tu n'as plus besoin de moi, je vais m'éclipser. C'est le *rush* à l'agence en ce moment et je dois finaliser notre rapport annuel d'activité pour pouvoir échanger dessus avec mon équipe, m'indique-t-elle tout en enfilant son manteau et son écharpe.

— D'accord, tout va bien. Je ne te retiens pas plus longtemps.

— Ça m'a fait plaisir de te revoir, appelle-moi à l'occasion pour me donner de tes nouvelles, dit-elle en déposant une carte de visite sur la table.

Elle se dirige vers la porte d'entrée, et je la regarde filer, presque aussi vite qu'elle est venue. Cette fille est pour le moins étrange.

— Tu es rentrée, ma chérie ? m'interpelle Mounette, sans doute tirée du sommeil par le claquement de la porte.

— Oui, à l'instant. Apparemment, ça s'est bien passé avec Victoria ? lui demandé-je pour confirmation.

— On ne peut mieux ! Tu peux licencier Lucienne. Si tu dois me coller quelqu'un dans les pattes, je n'accepterai qu'une personne comme Victoria. Ça, c'est une femme qui a du caractère. D'ailleurs où est-elle ?

— Elle est partie… Je ne voulais pas la retenir plus longtemps, elle a sûrement des tas de choses à faire. Elle semble très prise.

— C'est bien dommage.

— Mais je suis là, moi ! m'exclamé-je pour le moins vexée de la sentir aussi déçue du départ de Victoria. Que veux-tu faire de beau, cet après-midi ? J'ai une idée, je poursuis sans lui laisser le temps de répondre, et si on allait acheter un sapin de Noël ? Comme ça, on pourra le décorer demain. Qu'est-ce que tu en dis ?

Un large sourire éclaire aussitôt son visage.

— Si on achète le sapin, tu sais ce que ça signifie ?

— Pas encore ! Pitié, je n'en peux plus des Habsbourg !

— Une tradition est une tradition. Après avoir installé le sapin, on regarde *Sissi*. C'est comme ça, ajoute-t-elle d'un ton catégorique.

Pleine d'entrain, elle se lève de son fauteuil.

— Et si on se dépêche, on pourra peut-être regarder les trois à la suite ! s'enthousiasme-t-elle, accompagnée des aboiements sonores de Butch, qui est toujours en joie quand sa maîtresse est contente.

Il ne me reste plus qu'à trouver un moyen de gagner du temps. Ah oui, et aussi quelqu'un pour surveiller ma grand-mère cette nuit.

Là tout de suite, si je fais preuve d'optimisme, j'estime mes chances à environ… disons 5 %.

14
Victoria

Quel plaisir de se sentir libérée d'un fardeau ! Dans la voiture, sur le chemin du retour, je me suis autorisée à passer un peu de musique et à chanter à tue-tête, au lieu d'écouter mes podcasts habituels sur la réussite professionnelle et les meilleures façons de se challenger.

En principe, je cherche à optimiser chaque minute de temps libre, mais là curieusement, j'avais envie d'un moment de futilité. Ça m'a rappelé cette joie intense que je ressentais enfant quand je chantais dans ma chambre. Et de ce micro karaoké dont je rêvais tant…

Il est presque 16 heures lorsque j'arrive à l'agence, et ma bonne humeur a tôt fait de disparaître lorsque je m'aperçois qu'il a suffi que je m'absente deux jours pour qu'un relâchement se fasse sentir au sein de l'équipe. Les rires qui fusent dans la salle de pause sont en effet assez éloignés de la politique de l'entreprise que j'ai mise en place. « Rester focus sur son travail » est une règle que toute personne souhaitant travailler avec moi se doit de respecter. Heureusement, cette histoire de réhabilitation est désormais bouclée, et je vais pouvoir reprendre les choses en main.

Avant de gagner mon bureau, je passe par celui de Lexie pour lui signaler que je suis de retour.

— Victoria ? s'étonne-t-elle lorsqu'elle me voit. Tu ne m'avais pas dit que tu passerais à l'agence aujourd'hui.

Je perçois dans sa voix une pointe de déception qui me vexe un peu. Lexie, ma fidèle assistante, celle qui, comme moi, aime le travail bien fait et ne compte pas ses heures, serait-elle devenue laxiste ? Comme quoi, on peut même être déçus par ceux en qui l'on avait le plus confiance.

— Je me sens mieux, donc je me suis dit que je pourrais mettre à profit la fin de journée pour rattraper le retard que j'ai accumulé. On va devoir travailler tard ce soir, il faut finaliser le rapport d'activité, et j'ai eu deux ou trois idées que j'aimerais que tu mettes en forme pour que nous puissions également les présenter lors de la réunion du 27 décembre.

— Ce soir ?

— Oui, ce soir. Ça te pose un problème ?

— Non... C'est juste que, enfin... Non, oublie, c'est bon, je vais m'organiser.

— Parfait. Je vais dans mon bureau et je t'appelle quand j'ai fini d'ouvrir mes mails, pour qu'on s'y mette.

— Au fait, Victoria, m'interpelle Lexie alors que je m'apprête à quitter son bureau. Ton père a téléphoné à deux reprises aujourd'hui.

— Il a laissé un message ?

— Pas vraiment. Il a juste demandé que tu le rappelles.

— OK, merci.

C'est étrange, adepte des méthodes rapides et efficaces, il se contente en général de m'envoyer des mails.

Arrivée dans mon bureau, je dépose mon manteau et mon écharpe sur le dossier de ma chaise et décide de lui téléphoner tout de suite, sans prendre le temps de consulter ma messagerie. Mon père n'a jamais aimé qu'on le fasse attendre.

— Allô papa ? Lexie m'a dit que tu avais cherché à me joindre.

— Oui j'ai appelé deux fois, mais tu n'étais pas au bureau apparemment...

— Pardon, j'avais pris ma journée, mais...

— Comment ça ? me coupe-t-il, il y a un souci à l'agence ?

— Non, aucun.

— Prendre un jour de congé juste avant l'envoi du rapport d'activité aux salariés n'est jamais une bonne idée, tu connais mon point de vue là-dessus. Il ne faut surtout pas laisser les collaborateurs croire qu'on est à bout de souffle en fin d'année. Au contraire, il faut leur insuffler l'énergie nécessaire pour commencer la nouvelle année sur de bonnes bases. C'est en ne transigeant pas sur tes principes que tu feras de VDAdvertising une grande entreprise.

Mon père n'a jamais pris plus de deux semaines de congés par an. Et encore, il y consentait uniquement parce que ma mère l'obligeait à participer à notre voyage annuel à l'étranger. Quinze jours pour s'ouvrir l'esprit à d'autres cultures et comprendre comment fonctionne le monde.

— Bien sûr, papa, c'est toi qui as raison. Tu cherchais à me joindre à quel sujet ?

— Rien d'important. Ta mère voudrait savoir si, pour le repas du 24, tu préfères manger du poisson ou du gibier. Elle était prête à venir te déranger à l'agence pour en discuter. Il n'y a que ta mère pour penser que ce genre de contingence domestique peut avoir de l'intérêt pour toi... Tes frères seront présents cette année, alors je crois qu'elle se laisse un peu emporter par l'euphorie des fêtes.

— Dis à maman qu'elle choisisse ce qui lui fait plaisir. Je ne suis pas difficile, et quel que soit le plat qu'elle cuisinera, il sera délicieux, comme chaque année.

— Je vais lui dire de faire du poisson. C'est plein de calcium et d'oméga 3, c'est bon pour le cerveau. Je ne te retiens pas plus longtemps, tu as des choses bien plus importantes à faire. Bonne soirée, Victoria.

Après avoir raccroché à mon tour, j'ouvre mon ordinateur et ma boîte mail. Avant de m'y mettre, j'envoie un petit message à Lexie pour lui dire de commander des plateaux-repas pour nous deux. Ainsi, nous n'aurons pas à nous interrompre pour manger.

J'ai à peine répondu à trois mails que le téléphone sonne.

— Victoria Delmas.

— Victoria ? Euh… C'est Dakota à l'appareil. Excuse-moi de t'appeler, je te dérange sûrement, mais… C'est ma grand-mère. Elle refuse catégoriquement que quelqu'un d'autre que toi s'occupe d'elle. Je lui ai dit que tu n'avais pas que ça à faire et que c'était déjà très gentil de ta part d'être restée ce matin…

En effet. Sans oublier la boîte de chocolats.

— … mais rien n'y fait. Elle menace de s'enfuir en Autriche si jamais je fais venir quelqu'un d'autre pour veiller sur elle.

— En Autriche ?

Pas très paradisiaque comme lieu de fugue…

— Oui, c'est un pays qu'elle a toujours rêvé de visiter. C'est sa passion pour Sissi qui ressurgit chaque année en décembre. Et comme elle a commencé à faire sa valise, j'ai accepté de t'appeler pour te poser la question. Pour être honnête, je ne sais pas comment je vais faire pour ce soir et d'ici à l'arrivée de mon frère, mais je me doute bien que tu as une vie bien remplie et que tu…

J'ai soudain le souffle court, la poitrine comprimée. Ça ne va pas recommencer ! J'ai rempli ma part du contrat, ai-je envie de hurler. Je me suis excusée, j'ai joué la mamie-sitter et j'ai même offert un déjeuner, c'est bon.

Mon regard se voile de mouches noires.

Visiblement, ce n'est pas bon.

— Il arrive quand ton frère, Texas ? Euh… je veux dire, Dakota.

Quelle idée aussi d'appeler ses enfants Dakota et Austin…

— Le 23, en principe.

— Je vais m'arranger.

— Tu… tu n'es pas obligée. Ça m'enlèverait une énorme épine du pied bien sûr, je ne te le cache pas. Mais je ne peux pas te demander ça.

— Tu viens pourtant de le faire, non ? répliqué-je du tac au tac avant de me radoucir, rapport à Guirty et à son arme thoracique. Il se trouve que j'ai beaucoup de jours de congés à prendre et que ma RH me met la pression pour que j'en solde quelques-uns avant la fin de l'année.

Ma RH me met la pression…

Victoria : 0 – Pinocchio : 100.

— Laisse-moi juste le temps de rentrer chez moi pour préparer un sac de vêtements, et je serai chez toi, disons, dans deux heures. Ça t'irait ?

— Deux heures ? bredouille-t-elle. Oui, oui, ce serait vraiment parfait. Mais, tu es sûre ? Ça me gêne beaucoup de…

— Écoute, Tex… Dakota, si je te l'ai proposé, c'est que ça me fait plaisir. Alors inutile de revenir dessus.

Victoria : 0 – Pinocchio : 1 000 000 000.

— D'accord. Merci beaucoup. Je te revaudrai ça.

Surtout pas ! je m'apprête presque à lui crier. *L'idée est de remettre les compteurs à zéro pour que les elfes maléfiques et Guirty me fichent enfin la paix. Alors surtout, surtout, ne cherche pas à me rendre la pareille. Je ne tiens pas à passer le reste de ma vie à surveiller une grand-mère à moitié gâteuse qui menace de fuguer en Autriche.*

Mais je me ravise et raccroche. Je ne veux pas risquer de donner des idées aux elfes et de voir apparaître une ligne en petits caractères en bas du contrat que je n'ai même pas signé.

Les mouches noires s'envolent – *qu'elles aillent brouiller la vue de quelqu'un d'autre !* –, l'étau se desserre. Résignée, je ferme ma boîte mail et mon ordinateur, réenfile mon manteau et mon écharpe et, avant de quitter l'agence, je passe une tête chez Lexie.

— Finalement, tu peux annuler les plateaux-repas pour ce soir. Je vais devoir m'absenter, sans doute jusqu'au 23 décembre. Mais je serai joignable en cas d'urgence. J'emporte mon ordinateur avec moi de toute façon.

J'évite de trop m'appesantir sur son regard dans lequel je lis… du soulagement.

— Ah, et si jamais mon père cherche de nouveau à me joindre, tu lui dis que je suis en réunion avec un client important et que l'on ne peut me déranger sous aucun prétexte.

« Prendre un jour de congé juste avant l'envoi du rapport d'activité aux salariés n'est jamais une bonne idée. »

Alors plusieurs…

15

Victoria

Tandis que je sonne chez Dakota, je suis prise d'une légère impression de déjà-vu.

Légère, très légère impression…

— Aaaaah, Victoria ! Je suis bien contente de vous voir, m'accueille une Antoinette tout sourires. Jusqu'au bout j'ai cru à une entourloupe de la part de ma petite-fille. Entrez, entrez, avant que ce vent ne vous gèle jusqu'aux os.

Elle s'écarte pour me laisser passer. L'énorme animal qui leur sert de chien se précipite aussitôt sur moi, queue frétillante et bave en option.

— Même Butch est content que vous soyez de retour. Et il est plutôt du genre sélectif, croyez-moi. Il n'a jamais apprécié Lucienne, par exemple. En même temps, comment l'en blâmer ?

Je suis Antoinette qui se dirige vers le salon dans lequel trône un sapin de Noël gigantesque qu'elles ont dû aller acheter après mon départ en début d'après-midi.

— Nous laissons les branches reprendre leur place avant de le décorer, m'explique Antoinette sans même que j'aie eu à poser de question.

— Je ne sais pas comment te remercier, réitère Dakota. L'accident de Lucienne m'a vraiment mise dans une situation délicate.

— Comme je te l'ai dit tout à l'heure au téléphone, inutile d'en reparler pendant des heures. Et puis, cette période de l'année est toujours plus creuse.

Tu parles !

— Je te promets que ce ne sera l'affaire que de quelques jours. Je vais harceler mon frère pour qu'il débarque ici au plus vite.

— Ah, vous connaissiez Austin également ? m'interroge Antoinette. Mais oui, suis-je bête, puisque vous étiez au lycée avec Dakota. Il est guitariste professionnel à présent. Il a beaucoup de talent.

— Je ne dirais pas que je le connais. Mais oui, je me souviens vaguement d'un Austin.

Un garçon en surpoids, toujours tout seul dans son coin, sauf lorsque sa sœur volait à son secours. Si vous voulez mon avis, elle aurait mieux fait de lui mettre un bon coup de pied aux fesses pour le forcer à aller de l'avant. Difficile de l'imaginer en musicien épanoui.

— Tu veux peut-être poser tes affaires dans la chambre d'amis ? me propose Dakota. Elle est juste ici, m'explique-t-elle, en ouvrant une porte au fond de la pièce.

— Dépêchez-vous de vous installer, me crie Mounette alors que je pose mon sac de voyage sur le lit. Je nous ai prévu plein d'activités pour ce soir !

Je me demande bien quoi… De la crapette ? Des mots croisés ? Ou pire que tout, regarder *Des chiffres et des lettres* ? Je me réjouis d'avance.

Lorsque je ressors de la chambre après avoir pris tout mon temps pour vider mon sac de mes vêtements et les suspendre aux cintres de la penderie, Dakota est emmitouflée dans son manteau, prête à partir.

— Il y a des lasagnes dans le congélateur, indique-t-elle à sa grand-mère. Et sois sympa, laisse à Victoria le temps de prendre ses marques.

— Je ne vois pas du tout de quoi tu parles, ma chérie. Allez, ouste, tu vas être en retard. Il ne faut pas faire attendre tes auditeurs, réplique-t-elle tout en poussant presque Dakota vers la sortie.

Celle-ci dépose une bise affectueuse sur la joue ridée d'Antoinette, puis me fait un signe de la main.

— Bonne soirée, Victoria. Je te vois demain matin au petit déjeuner. Bien sûr, s'il y a le moindre souci, tu m'appelles. Tous les numéros importants sont notés sur la porte du réfrigérateur, au besoin.

À peine est-elle partie qu'Antoinette s'assoit sur le canapé et se jette sur la télécommande de la télévision.

— Vous aimez *Sissi*, j'espère ?

16
Dakota

J'ai beau y réfléchir depuis des heures, je ne comprends pas ce qui a conduit Victoria à sonner à ma porte ce matin. Je n'ai eu aucune nouvelle d'elle après le lycée, nous n'avions rien en commun, elle passait son temps à me reprocher de ne pas être assez ceci ou cela… Non, il n'y a rien à faire, je ne trouve aucune explication plausible. Et le fait de la savoir en ce moment même chez moi avec ma grand-mère me perturbe encore plus. Évidemment, c'était un peu inespéré après la chute de Lucienne. Je dirais même que la coïncidence est particulièrement troublante. Pour un peu, on se croirait dans un film[1]…

Le fait est que, malgré tout, ça m'arrange. Bien sûr, il y avait toujours la possibilité de me faire remplacer par Maryse, celle qui assure la permanence lorsque je suis en congés. Mais, ce soir, je tenais vraiment à être là… Est-ce qu'on peut tomber amoureuse de quelqu'un rien qu'en lui ayant parlé quelques fois à la radio ?

J'ai préparé l'émission comme à chaque fois, prenant connaissance des messages laissés sur le répondeur, répondant aux mails des auditeurs, le tout en essayant de ne pas

1. … ou dans un roman…

penser au fait que nous sommes lundi, et que lundi est le jour où il appelle.

— Il est 23 heures, vous êtes bien sur Radio Velours. Nous sommes ensemble jusqu'à 2 heures du matin pour parler de tout, de rien, mais surtout de vous. Alors, n'hésitez pas à nous appeler, le standard est ouvert, et ce soir comme chaque lundi, c'est la très sympathique Laurence qui vous y accueillera.

Le réalisateur me fait signe qu'un auditeur patiente déjà en ligne.

— Bonsoir, comment vous appelez-vous ?

Les battements de mon cœur s'accélèrent…

— Bonsoir, Dakota. Je m'appelle Jocelyne. Merci beaucoup d'avoir bien voulu prendre mon appel.

… et retrouvent un rythme normal.

— C'est moi qui vous remercie pour votre confiance, Jocelyne. Que puis-je faire pour vous ? J'en profite, pardon Jocelyne, pour vous rappeler que la messagerie instantanée de l'émission est ouverte, pour vous qui nous écoutez à la maison. Alors n'hésitez pas à interagir avec nous. Je reviens à vous, Jocelyne, de quoi avez-vous envie de nous parler, ce soir ?

— Je ne sais plus quoi faire, Dakota. Je suis en froid avec une amie, une très bonne amie, et je ne sais pas comment m'y prendre pour que les choses s'arrangent.

— Est-ce que vous voulez bien nous raconter ce qui vous a conduites à cette brouille ?

— C'est justement le problème, je n'en sais rien ! Tout allait bien, nous avions une très bonne relation et tout à coup, elle a pris ses distances.

— Vous savez, dans ce genre de situation, le plus simple est souvent de demander directement à l'intéressée ce qui ne va pas.

— J'ai essayé ! Je vous assure, j'ai essayé des tas de fois, mais je n'ai pas eu de réponse. Ça me rend malade. Je n'en dors plus la nuit. Tara compte énormément pour moi. C'est grâce à elle que je m'en suis sortie quand mon fiancé m'a quittée pour ma meilleure amie la veille de notre mariage. Si elle n'avait pas été là, je ne sais pas ce que je serais devenue, sanglote-t-elle.

— Si elle a été présente pour vous dans les moments difficiles, les choses devraient forcément pouvoir s'arranger. Vous lui avez dit à quel point elle comptait pour vous et combien son silence vous rendait malheureuse ? En général, les amies sont sensibles à ce genre de mots.

— Je n'arrête pas de le lui dire. Que je l'aime, que j'ai besoin d'elle. Mais je ne récolte que de l'indifférence. Ça me blesse tellement. Et ce n'est pas la première fois qu'elle réagit comme ça. Elle m'avait déjà fait la tête quand Jérôme, mon ex-fiancé, lui avait fait mal en lui marchant dessus. Il ne faisait jamais attention à elle de toute façon, il ne l'a jamais aimée. J'aurais dû me douter que c'était un sale type. Bref, je n'y étais pour rien, mais c'est à moi qu'elle a fait la tête. À moi !

— Vous dites que votre ex-fiancé lui a marché dessus ?

— Oui, et pas qu'un peu. Pour sa défense, Tara est tout le temps dans nos pattes. Mais bon, ça n'excuse rien. Sauf que là, je ne sais pas du tout pourquoi elle me fait la tête. J'ai beau tourner le problème dans tous les sens, je ne vois rien qui explique…

— Jocelyne, la coupé-je, qui est Tara ?

— Tara, c'est ma chatte, pourquoi ? Vous la verriez, elle est si belle ! C'est une Maine Coon. Je peux vous envoyer une photo si vous voulez.

— Non, non, je vous crois sur parole. Et donc… Tara vous fait la tête ?

— Oui. Ça fait des jours qu'elle n'est pas venue sur mes genoux, des jours qu'elle me snobe quand je l'appelle ! Je ne vais pas tenir longtemps comme ça. D'autant que ma meilleure amie, enfin *ex*-meilleure amie, m'a envoyé par erreur un faire-part pour m'annoncer son mariage avec Jérôme.

Cette fois-ci Jocelyne pleure à chaudes larmes.

— C'est affreux… ils… ont… choisi… le même… lieu… que nous, hoquette-t-elle. Et comme si c'était pas… assez, il m'a refilé des chlamydiae ! Si Tara… me lâche… aussi, je ne vais… pas… m'en… sortir.

— J'entends votre souffrance, Jocelyne. Et, elle est, euh… légitime. Vous ne méritez pas que votre chat vous fasse la tête.

— C'est vrai, je ne mérite pas ça…, dit-elle en reniflant.

— Écoutez, je vous propose de lancer les spots publicitaires, le temps de vous laisser reprendre votre souffle et de vous préparer une bonne tasse de thé bien chaud. D'ici là, je ne doute pas que les auditeurs ayant eux-mêmes des chats auront plein de conseils à vous donner.

Je fais signe au réalisateur pour qu'il lance les réclames. Il est mort de rire dans sa cabine. Le traître.

Au début, j'étais moi-même surprise, voire parfois agacée, de ce genre d'appels. Et puis, j'ai appris que l'on ne sait jamais à l'avance là où peut se nicher la souffrance de l'être humain. Et ce soir, elle naît de l'indifférence… d'un chat.

— Nous voici de retour sur Radio Velours, nous sommes avec Jocelyne qui vient de nous raconter son histoire et sa tristesse parce que sa chatte boude son affection. Vous êtes-vous remise de vos émotions, Jocelyne ?

— Oui, merci. Vous aviez raison, je me suis fait une bonne infusion et ça m'a aidée.

— Ne jamais sous-estimer le pouvoir d'une boisson chaude. Pendant l'interruption, beaucoup d'auditeurs ont envoyé des messages pour vous donner des conseils, Jocelyne. Certains suggèrent d'acheter quelques friandises pour amadouer Tara, d'autres proposent de vaporiser du spray à la valériane dans l'appartement, pour le cas où son comportement serait dû au stress. Peut-être ressent-elle le mal-être causé chez vous par le départ de votre ex-fiancé ?

— Oui, c'est vrai qu'elle a toujours été une éponge à émotions. Ce serait donc encore à cause de Jérôme-le-cruel ? Il m'aura pourri la vie jusqu'au bout, celui-là. J'aurais mieux fait de me casser une jambe le jour où je l'ai rencontré, s'emporte-t-elle. J'aurais dû me méfier quand, deux jours à peine après notre rencontre, il a débarqué chez moi avec sa valise en me disant qu'il avait rendu son appartement pour venir vivre chez moi. Il avait eu le coup de foudre, soi-disant… Personne n'avait jamais fait ça pour moi, ça m'avait émue aux larmes. À bien y réfléchir, les larmes devaient être dues à son haleine… Elle était mauvaise à en décoller du papier peint. En tout cas, merci beaucoup, Dakota, vous avez un réel don pour écouter les gens. Je me sens nettement mieux !

— Ça me touche beaucoup, merci pour votre confiance. Et n'hésitez pas à nous rappeler pour nous dire si le spray à la valériane a fonctionné sur Tara.

— Avec plaisir. Bonne soirée, Dakota, et merci aux auditeurs.

Jocelyne raccroche et, même si cela peut paraître étrange, je suis heureuse qu'elle ait appelé. Elle semble se sentir mieux, et c'est tout ce qui compte.

— Nous accueillons un nouvel auditeur.

— Bonsoir, Dakota.

Cette voix.

Cœur qui bat la chamade.
Papillons dans l'estomac.

— Bonsoir, Sacha. Comment allez-vous ?

La première fois qu'il a appelé, il se sentait seul. C'était l'anniversaire de la mort de sa sœur, Marie, décédée peu avant ses trente ans d'un cancer. Il avait envie de parler, mais ne savait pas vers qui se tourner. Craignant de raviver la souffrance de sa mère en parlant de sa sœur, il gardait sa peine pour lui. Est-ce qu'on peut tomber amoureuse d'une voix ? Oui, assurément. D'une détresse aussi, quand celle-ci s'accompagne d'une profonde gentillesse.

Nous avions échangé pendant une demi-heure. Il s'était senti mieux après ça, alors il a rappelé la semaine suivante. Et depuis, chaque lundi, même si j'essaie de me l'interdire, j'ai l'espoir qu'il téléphone à nouveau. Les fidèles de l'émission se sont attachés à lui, eux aussi. Joséphine lui adresse toujours un petit message sur le fil de discussion.

— La semaine n'a pas été simple. Mais rassurez-vous, je n'ai pas de chat ! dit-il en riant. J'ai reçu une lettre de ma sœur.

— De votre sœur… Marie ? hésité-je, incrédule.

— Oui. Je suis certain qu'on ne vous l'a jamais faite celle-là, le courrier envoyé par une personne décédée.

— J'avoue que c'est une première.

— Vous m'en voyez ravi ! Marie était pleine de surprises. C'est le moins qu'on puisse dire. Et ce n'est pas sa première lettre post mortem. Elle en a envoyé douze à sa meilleure amie Molly juste après sa mort. C'était pour lui demander de faire des choses à sa place, mais surtout pour l'aider à aller de l'avant. Elle était comme ça, elle ne voulait pas que l'on reste malheureux trop longtemps après son départ.

— Elle est décédée il y a quatre ans, c'est ça ?

— Oui, bientôt cinq. Avec cette lettre elle a fait fort, du coup.

— Mais comment...

— ... s'y est-elle prise ? À vrai dire, je ne sais pas. Mais elle était pleine de ressources, donc cela ne me surprendrait pas qu'elle ait payé quelqu'un pour nous envoyer des missives aux dates qu'elle avait choisies. Je n'ai pas osé demander à Molly si elle en avait reçu une aussi.

— Molly et votre sœur étaient très proches, j'imagine ?

— Oh oui. Qu'est-ce qu'elles ont pu m'en faire baver, toutes les deux !

— Et... cette lettre ? Vous l'avez ouverte ?

— Au départ, j'ai hésité. J'avais peur que cela me rende triste. Enfin, plus que je ne le suis déjà... Et puis, elle était là, posée sur la table basse, alors au bout d'un moment, je me suis décidé à la lire, parce que je me suis rappelé qu'il n'était jamais bon de contrarier les plans de ma sœur.

— Et est-ce que ce courrier vous a causé encore plus de peine, comme vous le redoutiez ?

— Un peu au début, à la lecture des premières lignes. Mais au final, je dirais que non. Elle a réussi à me faire rire. Cette lettre était un beau cadeau. Vous voulez que je vous la lise ?

Jamais je n'aurais osé le lui demander, mais je ne pense qu'à ça depuis qu'il en parle.

— Seulement si vous en avez envie, bien sûr. Ah, Joséphine m'écrit qu'elle pleure déjà avant même que vous n'ayez commencé à lire.

— Oui, je crois que j'ai envie de partager ça avec vous.

Je l'entends déplier une feuille de papier, puis il commence la lecture.

Sacha,

Non tu ne rêves pas, tu viens bien de recevoir une lettre de ta sœur décédée depuis un bail. Présentement, je ne suis pas encore six pieds sous terre, mais quand tu la recevras…

Tu dois te demander pourquoi je t'écris aujourd'hui, après tout ce temps. Eh bien, parce qu'il me semblait important de venir botter ton joli petit cul – j'ai vu comment mes copines te mataient, alors ne nie pas – pour que tu te décides enfin à tomber amoureux !

Comment je sais que ce n'est pas déjà le cas ? Parce que je t'observe de là-haut, bien sûr ! Ou plutôt, je t'observerai. Même moi je m'y perds.

Bref, je suis presque sûre que tu n'es pas casé, et que tu n'as même pas essayé de construire quelque chose avec quelqu'un. Tu peux toujours me sortir une excuse bidon, me dire que tu as le temps, mais la vérité, c'est que du temps, on n'en a pas toujours… Et l'amour, le vrai, il n'y a rien de plus important.

Alors, je veux que tu me fasses une promesse : je veux que tu te décides à laisser entrer l'amour dans ta vie. Tu as passé l'âge de me sortir des conneries du type « l'amour, ça fait souffrir ». Oui, bien sûr que l'amour, ça peut faire souffrir, mais ça peut surtout rendre heureux. Et moi, j'ai envie que mon frère soit heureux.

Alors, tombe amoureux, bordel ! Et compte sur moi pour venir vérifier tes progrès d'ici un ou deux ans.

Marie

PS : J'espère que Molly va bien. Elle me manque, mais ne le lui dis pas.
PS2 : Parce que je sais que tu vas te poser la question, je précise que je vais bien. J'ai monté une troupe de théâtre avec plusieurs de mes congénères anges. On a soumis notre candidature pour la Pièce Réaliste-Onirique de l'Union Théâtrale du paradis (un acronyme pareil, ça ne s'invente pas).
PS3 : Je t'aime, frangin.

— Cette lettre, c'est tout Marie. Elle me manque tellement. Dakota ? vous êtes toujours là ?

— Oui, oui. C'était… très émouvant, dis-je en essuyant mes joues mouillées. Est-ce qu'elle a visé juste ? Je veux dire…

— Est-ce que j'ai trouvé l'amour ? Non. À vrai dire, elle me connaissait mieux que je ne le pensais. Mais je crois que c'est elle qui a raison. Peut-être que je passe à côté de quelque chose…

— Joséphine vous demande si vous voulez bien l'épouser.

Il rit.

— Il me semble que Joséphine est déjà mariée, non ?

— En effet, ajouté-je après quelques secondes, le temps de laisser Joséphine taper sa réponse. Elle indique que son mari a déjà bien servi, et qu'avec sa récente hanche en plastique, il n'est plus sous garantie.

— Je suis flatté, Joséphine, mais je m'en voudrais de priver un homme, qui plus est diminué, d'une femme telle que vous, répond-il sur le ton de la plaisanterie.

— Bien essayé, Joséphine. Mais vous ne ravirez pas le cœur de Sacha ce soir. Merci à vous d'avoir partagé ce moment avec nous. Je ne peux que vous souhaiter de rencontrer celle que votre sœur appelle de ses vœux.

— Merci beaucoup. Une fois encore, c'était un plaisir de vous avoir en ligne, Dakota. Ne changez rien, vous êtes parfaite.

17

Victoria

... J'aimerais qu'elle ait vos yeux... vos cheveux... votre bouche... votre sourire. J'aimerais tant qu'elle vous ressemble...

— Pourquoi, elle n'est donc pas jolie votre fiancée ?

— Oh si, elle est très jolie, mais... je vous trouve plus jolie encore. C'est vous que je choisirais si j'étais libre...

— C'en est trop. Je suis désolée, Antoinette, mais je n'en peux plus. Comment faites-vous pour supporter ce film ?

— Supporter ? Mais ce film est un chef-d'œuvre !

— Un chef-d'œuvre d'ennui, oui. Oh Frantz, oh Sissi... Mon Dieu, quelle niaiserie[1] !

À côté de moi, la vieille dame semble si choquée qu'elle pourrait faire un AVC. Il faut que je fasse attention si je ne veux pas avoir à expliquer à Dakota comment j'ai tué sa grand-mère à coups de critique de Romy Schneider.

— Et vous regardez cette bou... ce film, tous les ans ?

— Oui, c'est la tradition. Quand approche le 24 décembre, on visionne la trilogie.

— Si vous aimez les trilogies, regardez plutôt *Star Wars* ! Vous en aurez trois pour le prix d'une. Et franchement,

1. Ça c'est moche, moche, moche !

je ne vois pas du tout en quoi *Sissi* évoque les fêtes. Au cas où vous ne l'auriez pas remarqué, il n'y a ni sapin ni guirlandes. Pour un film de Noël, on repassera.

— Et que proposez-vous, jeune fille ? Parce que c'est facile de critiquer, mais qu'avez-vous en stock ?

— Je ne sais pas, moi, mais des tas d'autres films, c'est une évidence. Tenez, *Gremlins*, par exemple. Ça, c'est un bon film de Noël !

— *Gremlins* ? Ce n'est pas une histoire avec d'horribles petites bêtes qui mangent des gens ? me demande-t-elle, horrifiée.

— Qui mangent des gens... Tout de suite les grands mots. Ce sont des bestioles incomprises et pleines d'humour. On devrait le regarder. Après plus d'une demi-heure de bons sentiments – si l'on omet bien sûr la tante Sophie, qui est le seul personnage qui vaille un peu la peine dans ce film autrichien à l'eau de rose –, je pense que je mérite ma dose de *Gremlins*. Et au moins, ce film se passe à Noël. Donc ce sera parfait pour se mettre dans l'ambiance, comme vous dites.

Sans laisser le temps à Antoinette de protester, je lui subtilise la télécommande, stoppe la lecture du DVD et bascule sur Netflix à la recherche du film en question.

— Vous voyez ? Ils l'ont mis dans la catégorie « Films de Noël », qu'est-ce que je vous disais ! Est-ce que vous voyez votre *Sissi* dans cette catégorie ? Non. Inutile de développer davantage.

Je sélectionne *Gremlins*, et lance la lecture. Voilà, je peux enfin commencer à me détendre.

* * *

— Ne me dites pas qu'elle va l'écrabouiller avec le mixeur ?

— Je ne vous le dis pas…

— Ah, mais si, elle le fait ! C'est affreux votre truc ! gémit Antoinette en se cachant à demi les yeux derrière ses mains.

— Prenez-le comme une sorte, je ne sais pas moi, d'allégorie de Noël.

— Une allégorie de rien du tout, oui ! Seulement des morceaux verdâtres de je ne sais quoi qui giclent partout sur les murs d'une cuisine. Je ne peux pas croire que c'est ce que vous regardiez avec vos parents à l'approche des fêtes quand vous étiez petite…

— Non, c'est un film que j'ai découvert bien plus tard. Comme beaucoup d'autres, d'ailleurs, je ne peux m'empêcher d'ajouter en baissant la voix. Mes parents… disons qu'ils voyaient cela comme du temps perdu.

— Du temps perdu ? Mais que faisiez-vous en famille, alors ?

— Des jeux de société – principalement de stratégie ou éducatifs. Tout ce qui pouvait renforcer notre culture générale et notre combativité, pour nous donner les bonnes armes.

— Même à Noël ? me demande Antoinette, incrédule.

— Oui… Même à Noël. Mais je ne m'en plains pas. Ça m'a appris ce qui était vraiment important dans la vie. Le travail, l'investissement personnel, l'ambition…

— Mon Dieu, ma pauvre chérie. Je comprends mieux votre air un peu revêche. Vous avez manqué de *Sissi* dans votre enfance, c'est pour ça.

— Je n'ai pas un air revêche ! protesté-je, vexée.

Alors qu'un Gremlins dissimulé dans le sapin est en train d'essayer d'étrangler la mère de Billy avec une guirlande électrique – *la voilà l'allégorie de Noël, non ?* –, Antoinette stoppe le film et rebascule sur son DVD.

— Vous allez voir, le deuxième est encore meilleur, affirme Antoinette avec un grand sourire, avant de me prendre la main.

MARDI 21 DÉCEMBRE

18
Dakota

Une odeur de munster me fait grimacer et me tire de mon sommeil.

— Butch, je t'ai déjà dit de ne pas coller tes babines à deux centimètres de mon nez !

Sans aucun respect pour mon odorat délicat, Butch conforte sa position en me gratifiant de deux coups de langue sur le visage.

— Ah non ! Il va falloir faire quelque chose pour cette haleine, mon chien. On va t'acheter des chewing-gums ou un truc du même genre.

Avec délicatesse – à la manière d'une pelleteuse – Butch glisse sa tête sous mon bras pour que je le caresse.

— Quand je pense que tu as peur des mouches… alors qu'il te suffirait simplement d'ouvrir la gueule pour les asphyxier. D'ailleurs, l'expression « tomber comme des mouches » a sûrement été inventée pour décrire l'haleine de l'un de tes congénères !

Bien qu'il ne comprenne probablement rien à tout cela, Butch se met à aboyer. Soudain, je me redresse. Si Butch est là, c'est qu'il est arrivé quelque chose à Mounette. La dernière fois qu'il est venu me réveiller, la poêle était en feu.

Sans réfléchir, je me lève précipitamment, sors de ma chambre et dévale les escaliers à toute vitesse.

Ma grand-mère est tranquillement assise dans la cuisine, en train de boire son café du matin, en compagnie de Victoria. L'espace d'un instant, j'avais complètement oublié sa présence. Lucienne finissait son service un peu avant 9 heures, ce qui n'est pas le cas de Victoria, évidemment.

— Bonjour, ma chérie ! m'accueille chaleureusement ma grand-mère. Tout va bien ? On dirait que tu as vu un fantôme !

— Oui, oui, pardon. Butch est venu me réveiller, alors j'ai cru... Peu importe. Comment ça va, Mounette ? Bonjour, Victoria.

— Bonjour, Dakota, me répond cette dernière tandis qu'elle tartine de miel un petit morceau de pain grillé.

— Je me sens on ne peut mieux, dit ma grand-mère. Nous avons passé une soirée épatante hier.

Au regard de Victoria, je devine qu'« épatante » n'est pas exactement l'adjectif qu'elle aurait employé.

— Tu es rentrée tard, ma chérie ?

— Comme d'habitude, sur le coup des 2 heures du matin, je pense.

— Nous aurions presque pu t'accueillir pour te souhaiter bonne nuit. Ça s'est joué de peu.

— Ah oui ? Vous aviez autant de choses à vous dire ? demandé-je, perplexe.

— Non, c'est juste que nous avons regardé *Sissi* hier soir.

— Les trois, me précise Victoria aussitôt. D'affilée.

Connaissant l'amour immodéré de ma grand-mère pour ces films, j'aurais pu m'en douter. Visiblement, Victoria ne partage pas sa passion.

— Avouez que c'était super ! Bien mieux que vos affreux monstres éviscérés par un mixeur. Victoria a voulu me faire regarder *Gremlins*, me précise ma grand-mère. Est-ce que tu as déjà vu ce film ? C'est affreux. S'il n'y avait pas eu Frantz et Sissi, j'en aurais probablement fait des cauchemars.

C'est sûr qu'entre Gremlins *et* Sissi, *il y a comme un fossé de genre.*

— Et toi, à la radio ? m'interroge Mounette. Tout s'est bien passé ?

— Très bien. Même si je commence à avoir l'habitude, je suis toujours surprise par le nombre de personnes qui se sentent déprimées à l'approche des fêtes de Noël. Et par le degré de solitude de certaines. L'une des auditrices qui m'a appelée voulait des conseils pour se rabibocher avec sa meilleure amie, qui s'est avérée être… un chat.

— Encore une qui ne doit pas savoir quel film regarder pour se redonner le sourire, soupire ma grand-mère. Et ton gentil auditeur, il t'a rappelée ?

Je savais que je n'aurais pas dû lui parler de Sacha. Il n'en fallait pas plus pour exacerber le romantisme de cette consommatrice de romans-photos.

— Oui, je lui réponds en sentant mes joues rougir, ce qui a pour effet de m'agacer. On a parlé de sa sœur. C'était très émouvant. Et sinon, que fait-on aujourd'hui ? demandé-je pour changer de sujet et retrouver une chaleur jugale[1] normale.

Il n'en fallait pas plus pour enthousiasmer ma grand-mère.

— Mais voyons, Dakota, aujourd'hui on décore le sapin ! Il te perturbe ce Sacha, c'est évident.

1. « Jugale » ? T'es sûre, madame ?

Échec cuisant du détournement d'attention. Écarlate, je cherche du regard un soutien auprès de Victoria, laquelle, très certainement en plein stress post-traumatique suite à leur séance cinéma d'hier soir, mâche depuis trois bonnes minutes son morceau de pain, les yeux dans le vague.

— Oui… non… C'est vrai que je le trouve sympathique. Mais, c'est juste un auditeur parmi d'autres. Rien de plus. Tu te fais des idées. Par contre, je crois que tu as vraiment traumatisé notre invitée, Mounette. Elle n'a pas l'air dans son assiette, murmuré-je à ma grand-mère.

— Mais non. C'est juste le manque de sommeil. Ça me fait ça aussi quand je ne dors pas assez. Dépêchons-nous de terminer le petit déjeuner pour attaquer la décoration du sapin. Et si on écoutait des chants de Noël en même temps ? propose-t-elle d'un air ravi.

19

Victoria

... I'm dreaming of a white Christmas
Just like the ones I used to know...

Le parquet du salon est recouvert de cartons de tailles diverses, si bien que l'on peut à peine circuler. Comment est-ce possible d'avoir autant de décorations ? Des guirlandes de toutes les couleurs, des boules, des sujets à suspendre, des pommes de pin, des sucres d'orge, des nœuds de satin, des grelots... Il y aurait de quoi habiller trois ou quatre sapins.

J'observe – avec une certaine fascination, je dois bien l'admettre – le balai bien rodé de Dakota et sa grand-mère. Elles piochent au gré de leur envie dans les décorations qu'elles ont préalablement étalées, partout où elles ont trouvé de la place. Au fur et à mesure, le sapin se pare de couleur et de matière, sans recherche d'un esthétisme particulier ou d'une quelconque symétrie.

On est très loin de ce que j'ai connu petite. Nous ne participions jamais, mes frères et moi, à ce rituel. Nous partions, sans nous douter de rien à l'école, et quand nous revenions, l'arbre de Noël trônait dans le salon. Parfaitement décoré, de manière sobre et équilibrée.

Chaque année, les mêmes guirlandes, chaque année le même placement des décorations.

Je ne me suis jamais vraiment posé de questions. Pour moi, Noël se déroulait comme ça, un point c'est tout.

— Vous n'aimez pas faire le sapin ? m'interroge Antoinette devant mon immobilité. Faites comme chez vous, ne vous gênez pas.

C'est justement ce que je suis en train de faire, à vrai dire. Mais si elle insiste…

— Cela fait des années que je n'ai pas décoré d'arbre de Noël. Depuis le jour où mon père a décidé que nous avions passé l'âge à vrai dire.

D'ailleurs, je me suis toujours demandé ce que maman avait fait de ses décorations. Elle était très fière de son arbre de Noël et ne manquait jamais de nous le faire admirer.

J'attrape une sorte de danseuse en tutu rouge et blanc et m'approche de l'arbre, à la recherche d'un endroit où l'accrocher. Mais je m'aperçois rapidement qu'il ne reste de toute manière qu'une seule branche libre, tant le sapin, pourtant grand et volumineux, est déjà bien garni.

Antoinette recule de quelques pas pour gagner en perspective.

— Je crois que c'est le plus beau que nous ayons fait.

— Tu dis ça chaque année ! répond Dakota en rigolant.

— C'est parce qu'on se surpasse chaque année. Qu'en dites-vous, Victoria ?

Pour être honnête, je ne sais pas vraiment ce que j'en pense. Et c'est suffisamment rare pour que ce soit perturbant. J'ai devant les yeux un amalgame de couleurs, totalement désorganisé. Tout le contraire de ce à quoi j'ai été habituée enfant. Et pourtant… Je suis la première surprise de trouver le résultat plutôt joli. Ce sapin leur ressemble. Comme elles, il est plein de vie.

Je savais que la soirée d'hier me laisserait des séquelles ! Trois films à l'eau de rose et un arbre bordélique seraient-ils parvenus à me rendre émotive ? Le sentimentalisme, c'est pour les faibles ! Je dois être vigilante, au risque de quitter cette maison aussi ramollie qu'une guimauve.

— C'est quand même beaucoup d'investissement pour quelque chose qu'il faudra défaire dans moins de trois semaines, parvins-je à leur asséner.

* * *

De : Victoria DELMAS <victoria@VDAdvertising.com>
Envoyé : mardi 21 décembre 2021 14 h 30
À : @VDAdvertising
Objet : Réunion 27 décembre

Bonjour à tous,
J'ai bien pris connaissance de votre demande de profiter de la réunion prévue le 27 pour organiser un « pot » de Noël. Mais oui, quelle bonne idée ! Et nous pourrions aussi en profiter pour nous offrir des cadeaux, en mode Père Noël secret ! Ou non, encore mieux : et si nous faisions la réunion en pyjama, semi-allongés sous des plaids ?
J'attendrai chacun d'entre vous à 8 heures en salle de réunion. Le premier à prononcer le mot « pot » dira adieu à son bonus.
V.

De : Lexie GILLIS <lexie@VDAdvertising.com>
Envoyé : mardi 21 décembre 2021 14 h 40
À : Victoria DELMAS <victoria@VDAdvertising.com>
Objet : Confirmation achats

Victoria,
Je ne sais pas si tu as toujours l'intention de passer le réveillon chez tes parents, vu que je ne sais ni où tu es ni ce qui t'arrive depuis que tu as eu cet accident. Mais dans le doute, j'ai acheté leurs cadeaux habituels et les ai déposés dans ton bureau, emballés, prêts à offrir.

De : Victoria DELMAS <victoria@VDAdvertising.com>
Envoyé : mardi 21 décembre 2021 14 h 42
À : Lexie GILLIS <lexie@VDAdvertising.com>
Objet : Re : Confirmation achats

Inutile de t'inquiéter. Je suis... disons en immersion. Au plus près de notre public cible.
Le dîner est bien maintenu chez mes parents. Je passerai prendre les paquets. Si tout se déroule comme prévu, je devrais être de retour le 23 en fin de journée.
Qui a eu cette idée de « pot » ? Sandrine, j'imagine. C'est sûrement lié à la perte de son chien. Espérons qu'elle ne fasse jamais d'enfant...
V.

De : Victoria DELMAS <victoria@VDAdvertising.com>
Envoyé : mardi 21 décembre 2021 14 h 45
À : Thomas DELMAS <T.Delmas@hop-americain-neurosurgery.com> ; Spencer DELMAS <Spencer.Delmas@delmasettraboule-associes>
Objet : Virement Noël

Spence, Thomas,
Les cadeaux pour papa et maman sont achetés.
Vous avez mon RIB, vous savez quoi faire.
V.

De : Spencer Delmas <Spencer.Delmas@delmasettraboule-associes>
Envoyé : mardi 21 décembre 2021 18 h 37
À : Victoria DELMAS <victoria@VDAdvertising.com>
Objet : Re : Virement Noël

Je transfère à mon assistante pour qu'elle s'en occupe.
Et arrête de m'appeler Spence. On n'a plus dix ans.
S.

Spencer DELMAS
Delmas et Traboule ASSOCIÉS
Votre défense, notre priorité

* * *

— Que souhaitez-vous faire ce soir, Antoinette ? demandé-je à la vieille dame, une fois notre dîner terminé. À moins que vous ne soyez trop fatiguée et que vous préfériez aller vous reposer dans votre chambre ? tenté-je en prenant garde de ne pas laisser paraître mon espoir qu'elle choisisse cette alternative.

J'ai profité de la présence de Dakota cet après-midi pour envoyer quelques e-mails et m'atteler à plusieurs dossiers urgents. Mais à peine avais-je commencé à m'y mettre sérieusement qu'elle toquait à la porte de ma chambre pour m'informer de son départ imminent pour la radio.

— Je ne sais pas trop… Qu'aimez-vous faire vous, quand vous avez du temps libre ? me questionne Antoinette.

Du temps libre ? Avoir du temps libre, cela signifie que l'on n'a pas exploité tout le potentiel de sa journée. Je n'en ai donc jamais. Le temps libre, c'est pour les perdants.

— Et si on écoutait l'émission de Dakota ? propose soudain Antoinette. Ça fait longtemps que je ne l'ai pas fait. Elle donne toujours de très bons conseils, vous savez. Je crois qu'avoir perdu ses parents alors qu'elle était très jeune a renforcé son empathie, ajoute-t-elle avec une pointe de tristesse dans la voix.

Chouette, des gens qui se lamentent, rien de tel pour passer une excellente soirée. Craignant qu'Antoinette ne nous déniche d'autres films qui mettent en scène des princesses enamourées, je me tais et la regarde se lever pour mettre en marche un poste de radio aussi imposant qu'ancien.

… pour parler de tout et de rien, mais surtout de vous. Alors, n'hésitez pas à nous appeler, le standard est ouvert et, ce soir, c'est la charmante Alexandra qui vous y accueillera.

La voix chaude de Dakota emplit le salon. Je n'avais jamais prêté attention à ce détail, mais il émane de celle-ci une grande assurance. Butch, sans doute attiré par ce son familier, nous rejoint et se couche à mes pieds. Enfin, *sur* mes pieds pour être exacte. À quel moment lui et moi a-t-on fait ami, ami ?

— Ça commence tout juste, croit utile de m'expliquer Antoinette.

Notre premier auditeur se prénomme Candice. Bonsoir, Candice, pour quelles raisons nous appelez-vous ce soir ?

Ladite Candice fond en larmes avant même de prononcer le moindre mot. Je soupire et ne peux m'empêcher de lever les yeux au ciel. La soirée promet d'être longue. Je me demande même si je ne préférais pas regarder… non quand même. Pas à ce point.

… je viens d'apprendre que l'homme avec qui j'entretiens une relation depuis plus de six mois me quittait pour une autre, qui n'est autre que ma propre fille, hoquette l'auditrice… Il a fait ses bagages ce soir et il est parti, comme ça sans un mot. J'ai aperçu ma fille par la fenêtre qui l'attendait dans sa voiture. Une fois les bagages dans le coffre, elle a démarré, sans même un regard pour moi, sa mère !

— Vous étiez proche de votre fille ? la questionne Dakota. Quel âge a-t-elle ?

— Elle a vingt-cinq ans. Oui, enfin non. Disons que c'est compliqué. Il y a des hauts et des bas. Depuis que son père est parti il y a près de dix ans pour vivre de sa passion – collectionner les femmes –, elle ne va pas très bien. Mais récemment, ça allait mieux, enfin c'est ce que je croyais. Elle avait repris ses études de coiffure, elle fréquentait même un gentil garçon. Un certain Axel. Mais ça n'a pas marché. Elle l'a surpris en train d'essayer ses robes. Ça l'a beaucoup perturbée et, à cause de ça, elle s'est fait renvoyer de son école après avoir brûlé les cheveux de l'une de ses monitrices en lui faisant des mèches. Il paraît qu'elle a dû entièrement se raser la tête, la pauvre. C'est à peu près à ce moment-là que j'ai commencé à fréquenter

Sébastien. J'étais contente qu'il s'entende bien avec ma fille. Quelle idiote !

— C'est terrible comme le destin peut parfois s'acharner sur les gens ! s'exclame Antoinette.

— Foutaises ! Ça n'existe pas, le destin. La vie que vous menez est celle que vous vous créez. C'est simplement le résultat des choix que vous avez faits. Si vous prenez les mauvaises décisions, votre vie est merdique.

— C'est affreux de penser ainsi, s'émeut la vieille dame.

— Au contraire. Ça veut dire que tout le monde a les cartes en main. Encore faut-il les utiliser à bon escient et arrêter de pleurnicher à tout bout de champ. On n'arrive à rien en se lamentant. On se fixe un but, on se donne les moyens de l'atteindre, point final. Depuis que j'ai l'âge de huit ans, mon père me répète : « Tu peux soit trouver des moyens pour réussir, soit des excuses, mais pas les deux. » J'ai choisi la première alternative. Je déteste les gens qui se trouvent des excuses.

— C'est aussi votre père qui a décidé de ne plus faire de sapin de Noël parce que vous aviez passé l'âge, c'est ça ? Que fait-il dans la vie ?

— Il était directeur de la filiale française d'une grande multinationale. Il a pris sa retraite récemment. Il est l'exemple même de la réussite sociale et professionnelle.

— Hum…

… *Avez-vous essayé d'en parler à votre fille ? demande Dakota à Candice. Savait-elle que c'était sérieux avec Sébastien ?*

— Quelles relations entretenez-vous avec lui ?

— Des relations normales. Il m'encourage à me surpasser. Il me félicite lorsque l'agence décroche de gros contrats.

C'est grâce à lui que j'en suis là aujourd'hui. Il m'a tout appris.

… mais même si ce n'était pas sérieux entre lui et moi, une fille ne peut pas faire ça à sa mère ! Moi, jamais je ne lui aurais fait un coup pareil. Elle est ce que j'ai de plus cher.

— Je comprends tout à fait votre désarroi. Laissez passer un peu de temps. Il vient de partir, c'est encore très frais. Il est difficile de réfléchir clairement quand on souffre, quand on se sent trahi.

— Il vous a sans doute appris à réussir dans votre métier, mais dans votre vie privée, je n'en mettrais pas ma main à couper. Vous avez des frères et sœurs ?

— J'ai deux frères, je lui réponds sans relever sa remarque.

Elle peut bien penser ce qu'elle veut, elle ne sait rien de moi.

— Vous vous voyez souvent ?

— Non, pas vraiment. Juste pour les occasions comme les anniversaires, par exemple. Ils sont très occupés, eux aussi. Spencer est associé dans un cabinet d'avocats et Thomas est neurochirurgien dans un hôpital réputé. Il devrait bientôt passer chef de service.

— Trois enfants qui ont de belles carrières professionnelles. Voilà qui doit combler votre père.

— C'est essentiel, non ? lui lancé-je, piquée au vif par ses insinuations.

— Si vous voulez mon avis, non, ce n'est pas l'essentiel.

Je suis sur le point de lui rétorquer que je ne suis pas de celles qui se préoccupent de l'avis des autres lorsqu'elle s'agite soudain sur son fauteuil, m'intimant d'un geste de me taire. À la radio, ce n'est plus Candice qui est à l'antenne, mais un homme.

— C'est cet auditeur, celui qui lui plaît ! s'enflamme-t-elle.

... J'ai repensé à votre émission tout à l'heure, alors je me suis dit que j'allais rappeler.

— Vous savez que c'est toujours un plaisir de vous accueillir, Sacha. Nous avons reçu un grand nombre de messages suite à votre appel d'hier. La lettre posthume de votre sœur a ému beaucoup de gens...

— Je suis certaine qu'elle est amoureuse de lui !

— Amoureuse ? D'une personne qu'elle n'a jamais vue ?

— On peut tomber amoureuse d'une voix. Ça ne se commande pas ces choses-là. Je ne vous demande pas si vous avez déjà été amoureuse, j'imagine que vous allez me répondre que cela ne fait pas partie de vos priorités.

— C'est tout à fait ça. Ne pensez pas que je vis comme une nonne pour autant, j'ai des besoins, comme tout le monde. Mais de là à construire une relation... De toute façon, les hommes n'aiment pas les femmes qui réussissent, ça finit toujours par leur donner des complexes ou l'impression que leur pénis a rétréci. Ça ne me dérange pas, je n'ai besoin de personne.

— Tout le monde a besoin de quelqu'un, Victoria. Même vous ! La vie n'a guère de sens si on la passe seule. La preuve, regardez tous ces gens qui appellent Dakota à la radio, ils ont tous en commun la solitude. Et c'est en grande partie ce qui les rend malheureux ou aggrave leur mal-être.

— Vous avez fait gynécologie option philosophie ? je lui rétorque assez sèchement, ce qui, contre toute attente, la fait éclater de rire...

— Qu'est-ce que ce serait si vous mettiez votre repartie et votre franchise au service d'une autre cause que vous-même ! Décidément, vous me plaisez beaucoup.

... et contre toute attente, me fait sourire.

... J'entends souvent dire que le temps finit toujours par panser les blessures. Par certains côtés, c'est vrai, la douleur est moins vive. Mais l'absence, le manque, eux sont toujours là. Et ça, le temps n'y peut rien. Le vide laissé par Marie ne disparaîtra jamais. Lorsque je dîne chez ma mère, je ne peux m'empêcher de poser les yeux sur la chaise sur laquelle elle s'asseyait. Je sais que c'est pareil pour ma mère. Mais nous n'en parlons jamais.

Antoinette, elle, est passée du rire aux larmes.

— C'est très vrai ce qu'il dit. Le vide... rien ne comble jamais le vide laissé par ceux qui sont partis. Même si l'on fait de son mieux, même si l'on y met toute son énergie, une grand-mère ne remplace jamais une mère, dit-elle, les yeux dans le vague.

Butch, toujours couché sur mes pieds, hurle soudain à la mort. Jamais je n'aurais cru dire ça un jour, mais je préférerais finalement regarder *Sissi*.

MERCREDI 22 DÉCEMBRE

20
Dakota

Je suis surprise que Sacha m'ait contactée hier. D'habitude, il n'appelle la radio qu'une seule fois par semaine. Jamais deux jours de suite. Même si ça n'a pas duré plus d'une vingtaine de minutes, mes battements cardiaques, quant à eux, ont mis une bonne heure à retrouver un rythme normal. Je suis ridicule. C'est juste une voix. Si ça se trouve, derrière se cache un type qui coupe les oreilles des chats pour les faire revenir au wok[1].

— C'est à toi, ma chérie.

À quoi joue-t-on déjà ? Ah oui, aux dames. Je bouge un pion.

— Est-ce que tu crois qu'il est blond ? me demande Antoinette.

— Hein ? Qui ça ?

— Sacha. C'est bien à lui que tu penses, n'est-ce pas ?

— Qu'est-ce qui te fait dire ça ? je lui rétorque en sentant une coloration rouge sanguine me monter aux joues.

— Disons que tu viens de bouger l'un de mes pions, donc je devine que tu n'es pas vraiment avec moi.

---

1. Avec ou sans matière grasse ?

— Excuse-moi. Je n'ai pas assez dormi cette nuit. Ça doit être à cause de la pleine lune.

— La pleine lune. Ou l'effet « Sacha ». Avec Victoria, nous avons écouté l'émission hier.

Je suis cramoisie.

— Il n'y a aucune honte à avoir.

— Je n'ai pas honte ! je me défends. C'est juste que ce n'est pas très professionnel.

— Il est connu que certains patients tombent amoureux de leur psy. Donc ça doit aussi arriver dans l'autre sens. Je me suis toujours dit que j'avais raté quelque chose en choisissant la gynécologie..., soupire-t-elle.

Je souris.

— Il me touche, rien d'autre.

— Mais pas comme tu aimerais qu'il le fasse, à mon avis.

— Mounette ! m'écrié-je, faussement choquée.

— Tu ne vas pas passer ta vie à travailler et à t'occuper de ta vieille grand-mère ! Tu as besoin de t'envoyer en l'air de temps en temps. Ou tu risques de finir comme Victoria. Et crois-moi, ce n'est pas ce que tu souhaites.

Pourvu qu'elle n'ait pas entendu...

— D'ailleurs, ça se passe bien avec elle quand je suis à la radio ? Je m'en veux de te laisser avec quelqu'un que tu ne connais pas. Je ne peux même pas dire que je la connaisse moi-même, à vrai dire.

— Je me suis coltiné Lucienne pendant des mois, alors Victoria c'est un ours en chocolat à côté. Un ours en chocolat aux griffes tranchantes, certes, mais un ours en chocolat quand même. Comment était-elle au lycée ? Tu ne m'avais jamais parlé d'elle, il me semble.

Plutôt du genre grizzli sanguinaire qu'ours en chocolat, si j'en crois mes souvenirs.

— C'était… une meneuse. Première dans toutes les matières, déterminée. Sans concession.

— Et sans compassion pour les autres, j'imagine, ajoute Mounette. Ça ne devait pas être drôle tous les jours pour elle.

— Pour elle ? m'étouffé-je à moitié avec l'un des cookies apportés par ma grand-mère pour accompagner notre partie de dames. Pas drôle pour *nous*, tu veux dire ! Gare à moi si j'osais faire preuve d'un tant soit peu de faiblesse.

— Tu sais, la compassion, ça nécessite de s'intéresser à l'autre, de se mettre à sa place…

— Oui, tout ce qu'elle était incapable de faire ! je la coupe, à la fois surprise et agacée qu'elle prenne la défense d'une personne qui me gâchait la vie au lycée.

— Et aujourd'hui, elle n'a personne. Je suis sûre que même Lucienne, avec ses allumettes et sa pêche à la crevette, est moins seule que Victoria. Et tout ça pour quoi ? Pour satisfaire les ambitions d'un père qui a probablement placé la barre tellement haut qu'elle n'arrivera jamais à le contenter.

— Et tu as compris tout cela en regardant *Sissi* avec elle ?

— Tu te moques, mais sache qu'on en apprend bien plus que tu ne penses sur la nature humaine grâce à ces films.

Je ne peux m'empêcher d'éclater de rire. Je ne sais pas si ma grand-mère a raison – elle a une tendance manifeste à l'exagération, qui plus est quand elle apprécie une personne –, mais à bien y réfléchir, elle ne doit pas être bien loin du compte. Victoria transpire l'ambition, elle ne respire pas le bonheur.

— Tu aurais fait une très bonne psychologue, Mounette, lui dis-je avec tendresse.

— Et renoncer au plaisir de poser des stérilets ? Ah, non ! Tu ne m'as jamais vue à l'œuvre, mais sache que j'étais extrêmement douée. Mes patientes n'avaient même pas le temps de dire « ouf » que la bête était déjà en place.

— Je veux bien te croire. Allez joue, c'est à ton tour.

— À quoi on joue déjà ? me demande soudain ma grand-mère, les yeux rivés sur le plateau de dames.

Elle frotte avec anxiété ses mains l'une contre l'autre.

— Ça ne va pas, Mounette ? Nous sommes en train de jouer aux dames. Tu te souviens ? Tu es même en voie de me mettre la pâtée.

Elle lève la tête vers moi, le regard vague.

— Aux dames ? Ah, oui, aux dames…

Puis, sans crier gare, elle se lève de sa chaise et se dirige vers la cuisine.

— Et si nous faisions un gâteau au chocolat ? Cela fait des jours que j'ai envie d'en manger. Comme ça, nous pourrons le déguster après avoir décoré le sapin. Qu'en dis-tu, ma chérie ?

— Euh… un gâteau au chocolat ? Bien sûr, bien sûr, tout ce que tu voudras, lui réponds-je en essayant de contenir l'émotion qui me gagne.

Je suis incapable de me lever de ma chaise et de la rejoindre dans la cuisine. C'est la première fois que je la vois perdre pied de la sorte. C'est comme si elle avait soudain basculé dans une autre dimension. Dans laquelle elle n'est plus elle-même, dans laquelle elle ne se souvient plus de rien. Je sens mes yeux se remplir de larmes, mais il ne faut pas que je pleure. Surtout pas. Ça risquerait de l'inquiéter, et elle n'a pas besoin de ça.

À peine ai-je le temps de me recomposer un visage qu'elle revient dans le salon, avec dans les mains un petit plateau sur lequel elle a disposé deux tasses de chocolat chaud recouvert de chantilly.

— C'est à moi de jouer, non ? me demande-t-elle en se rasseyant. Je ne voudrais pas jouer les oiseaux de mauvais augure, mais je pense que tu es en mauvaise posture, ma petite-fille. Je vais te battre à plate couture !

Elle me regarde avec un grand sourire. Comme si de rien n'était.

— Que tu crois ! répliqué-je après quelques instants. Je n'ai pas dit mon dernier mot.

21
Victoria

Je n'aurais pas dû manger des œufs au petit déjeuner ce matin. L'omelette me pèse sur l'estomac, comme si elle refusait d'être digérée. Franchement, ce n'est pas le jour. J'ai passé une mauvaise nuit, à me réveiller sans cesse, en proie à des rêves aussi étranges que déstabilisants. Je déteste lorsque je ne me sens pas en pleine possession de mes moyens.

Et puis d'abord, pour qui se prend-elle, cette Antoinette ? Elle me juge alors qu'elle me fréquente depuis à peine deux jours. Peut-on affirmer que l'on connaît quelqu'un après si peu de temps ? Je ne crois pas, non !

Que croit-elle ? Que je suis une femme aigrie et seule ? Je ne suis pas seule, je fais juste en sorte de ne pas m'entourer de personnes qui n'en valent pas la peine. Je ne vois pas où est le problème ! Est-ce ma faute si les gens sont décevants et sans intérêt ? S'ils n'ont dans la vie aucune ambition, aucune envie d'être tirés vers le haut ? Mieux vaut être seule que mal accompagnée.

De toute façon, je ne suis pas seule.

Et je ne suis pas aigrie.

Cette foutue omelette indigeste va me rendre folle !

De : Victoria DELMAS <victoria@VDAdvertising.com>
Envoyé : mercredi 22 décembre 2021 10 h 42
À : Quentin LAFEUILLE <quentin@VDAdvertising.com>
Objet : Re : Présentation Champers

Quentin,
J'ai eu peur – un instant, j'ai cru que tu venais de m'envoyer le projet de présentation pour le dossier Champers. Avant de comprendre que, bien sûr, il s'agissait d'une erreur et que tu t'étais trompé de fichier en m'envoyant... ton brouillon.
À toutes fins utiles, je te rappelle que la devise de l'agence, c'est *« Notre créativité au service de votre développement »*.
V.

De : Victoria DELMAS <victoria@VDAdvertising.com>
Envoyé : mercredi 22 décembre 2021 10 h 54
À : Lexie GILLIS <lexie@VDAdvertising.com>
Objet : Dîner

Lexie,
Je pense être de retour demain dans l'après-midi. Est-ce que cela te dirait que l'on dîne ensemble ? Sans emporter de dossier. Tu peux choisir le restaurant.
V.

De : Lexie GILLIS <lexie@VDAdvertising.com>
Envoyé : mercredi 22 décembre 2021 11 h 02
À : Victoria DELMAS <victoria@VDAdvertising.com>
Objet : Re : Dîner

Je suis désolée, mais comme nous travaillons le 27 et les jours qui suivent, demain, je fais un réveillon de Noël par anticipation avec mes amis.
J'espère que ton immersion se passe bien.

— Oui ? réponds-je assez sèchement aux quelques coups frappés à la porte de ma chambre.

— Est-ce que ça te dit de faire une partie d'échecs avec ma grand-mère ? me demande Dakota après avoir entrebâillé la porte. Elle vient de me battre quatre fois aux dames et je crois qu'elle désespère un peu d'avoir un adversaire à sa taille.

Je suis tentée de décliner, mais avec cette omelette qui ne passe pas, je n'arrive à rien de toute façon. Alors, autant faire une partie d'échecs.

* * *

— Où avez-vous appris à jouer comme ça ? me demande Antoinette. Non, laissez-moi deviner… votre père ?

— En effet. Il m'a fallu du temps, mais au bout de quelques années, j'ai fini par le battre.

— Il ne vous laissait jamais gagner ? Même lorsque vous étiez petite et que vous appreniez à jouer ?

— Non. À quoi ça sert de faire ça ? C'est un concept que je n'ai jamais compris. Dans la vraie vie, personne ne vous laisse jamais gagner. Ce serait vous faire faussement croire que vous valez quelque chose alors qu'il n'en est rien. Ce n'est pas comme ça qu'on pousse les gens à se surpasser. Rien ne vaut d'entendre la vérité.

— L'un de mes auditeurs m'a tenu le même discours l'autre soir ! s'exclame Dakota. Il a dit à sa sœur à quel point elle était une mauvaise cuisinière et qu'elle ferait mieux de commander chez le traiteur quand elle a des invités.

— Je suis entièrement d'accord avec lui, approuvé-je.

— À force de se montrer aussi franc et de ne pas avoir de considération pour les sentiments des autres, il s'est brouillé avec tout son entourage. Résultat des courses : à l'aube d'une grosse opération chirurgicale, il a peur de mourir tout seul.

— Oui, mais Victoria n'a besoin de personne, enchaîne Antoinette. N'est-ce pas, Victoria ?

— Exactement. Échec.

Le regard d'Antoinette passe alternativement du plateau à ma personne.

— Mais, comment avez-vous fait ça ?

— Comme j'en avais assez de perdre sans cesse contre mon père, je me suis entraînée pendant des heures et, un jour, je suis devenue meilleure que lui. Échouer n'a jamais été une option.

— Ça ne te fait pas penser au film qu'on a regardé il y a quelques semaines ? demande Antoinette à Dakota. Tu sais, celui avec cet homme robot qui porte des lunettes. Le bel acteur qui a fait de la politique après ?

— C'est vrai que tu parles un peu comme un Terminator, pouffe Dakota. Échouer n'a jamais été une option, psalmodie-t-elle.

— En attendant, en ce qui me concerne, je ne me languis pas dans mon coin en attendant qu'un mec que je ne connais même pas m'appelle à la radio. Échec et mat.

— Formidable ! s'exclame Antoinette. Je n'ai rien vu venir. Il va falloir que vous m'expliquiez comment vous faites.

— Je ne me languis pas dans mon coin ! me rétorque Dakota, visiblement vexée, ce qui prouve, si besoin en était, que j'ai vu juste.

— Tu en pinces pour ce type qui t'appelle, non ?

— Non… Je le trouve gentil, c'est tout. Il me touche avec son histoire.

— Elle voudrait surtout qu'il la touche partout, murmure Antoinette tout en repositionnant les pièces sur le plateau.

Dakota la fusille du regard sans que ça ait l'air de l'émouvoir.

— Pourquoi est-ce que tu ne lui dis pas qu'il te plaît ? j'enchaîne. Qu'est-ce que tu risques ?

C'est bien beau de me critiquer sur ma manière de voir les choses, mais il ne faut jamais oublier que le vent, ça tourne, je jubile intérieurement.

— Je... je ne sais pas.

— Ce n'est pas ce que tu dis aux cas désespérés qui t'appellent chaque soir ? D'aller de l'avant, de dire ce que l'on ressent ?

— Ce ne sont pas des cas désespérés. Seulement des personnes qui ont besoin qu'on les écoute.

— Et qu'on leur fiche un bon coup de pied au cul, si je puis me permettre. Je t'ai écoutée hier soir, et c'est exactement ce que tu fais. Alors oui, tu y mets sans doute plus les formes que moi, mais ça revient au même. Tu ne leur conseilles pas de continuer à se morfondre. Non, tu leur dis de prendre les choses en main. Et même si j'en suis la première surprise, je dois dire que tu es plutôt douée pour donner des conseils aux cas désespérés. Tu as de l'assurance et tu ne perds jamais ton calme. À ta place, je leur dirais : « Arrêtez de vous regarder le nombril. Auditeur suivant ! »

— Euh... merci, bredouille Dakota, ne sachant apparemment pas comment prendre ce que je viens de lui dire.

Antoinette a bougé l'un de ses pions et attend que je fasse de même.

— Que conseillerais-tu à une auditrice qui te contacterait pour te dire qu'elle est folle d'un type qu'elle n'a jamais vu, mais avec qui elle a des conversations régulières ? la questionné-je tout en avançant à mon tour l'un de mes pions sur l'échiquier.

— Je ne sais pas… Je lui dirais sans doute d'essayer de le rencontrer.

— Et pourquoi ça ?

— … parce qu'elle n'a rien à perdre, bougonne à demi-mot Dakota.

— Parce qu'elle n'a rien à perdre, exactement. Échec.

— Incroyable…, s'émerveille Antoinette.

— Mais… Et si jamais, il… ne ressent pas la même chose. Si jamais, je me suis fait des idées ?

— Tu seras fixée et tu passeras à autre chose, c'est tout. Tu es beaucoup moins timorée quand tu conseilles tes auditeurs. Alors mets un peu en pratique les conseils que tu donnes aux autres.

Échec et mat.

22
Victoria

Jamais je n'avais rencontré quelqu'un qui continue à s'enthousiasmer alors qu'elle enchaîne les défaites aux échecs. Je ne compte plus les parties que nous avons faites aujourd'hui, Antoinette et moi, avec à chaque fois une issue identique. À sa place, ça m'aurait rendue folle. Et sans doute mauvaise. Mais pas elle. Comme si la victoire lui importait peu, et que le simple fait de jouer lui procurait du plaisir.

Si je ne l'avais pas arrêtée, je pense que nous serions encore de part et d'autre de l'échiquier à l'heure qu'il est. Sauvée par l'arrivée du courrier et du nouveau numéro d'un roman-photo qu'elle dévore apparemment avec passion, j'ai réussi à la convaincre de nous en tenir là pour l'après-midi. Pendant qu'elle lisait, j'ai tenté de travailler un peu, sans grand succès. Alors que je n'ai habituellement aucune difficulté pour me concentrer, là, je n'y suis pas parvenue.

Sûrement une nouvelle manœuvre de ces elfes maléfiques du centre de réhabilitation de Noël pour me détourner de ce qui est réellement important. J'aurais dû m'assurer qu'il y avait bien une adresse mail où les joindre en cas de besoin, mais il n'y a rien sur le formulaire qu'elles m'ont laissé.

— Est-ce que ça vous dit de manger une bonne pizza maison ? me propose Antoinette alors que Dakota vient de partir pour la radio. Je ne sais pas vous, mais moi, j'ai une faim de loup, ce soir ! L'autre jour, j'ai trouvé sur Internet une recette qui a l'air excellente.

— Vous allez sur Internet, vous ?

— Oui, pourquoi ? Je suis vieille, mais pas encore complètement gâteuse. Comment je ferais pour regarder des films pornos sinon ?

Devant ma mine effarée, elle éclate de rire.

— Ça marche à tous les coups, cette blague ! Vous auriez vu votre tête ! Cela dit, vous faites moins bien que Lucienne. Elle était à deux doigts de l'arrêt cardiaque. Comme la dernière fois qu'elle a vu un pénis doit remonter à l'Antiquité, l'image mentale devait être trop violente pour elle.

— Il n'y en a pas deux comme vous, Antoinette.

— Je l'espère bien ! s'enthousiasme-t-elle. Alors, cette pizza, ça vous dit ? Je vais de ce pas imprimer la recette.

Alors que je l'attends depuis bien vingt minutes dans la cuisine, je commence sérieusement à avoir faim.

— Antoinette ? la hélé-je. Votre imprimante ne fonctionne plus ?

Pas de réponse. Je me décide à quitter ma chaise pour aller voir ce qu'il en est.

Antoinette est bien dans sa chambre, à faire les cent pas.

— Ça ne va pas ?

Elle ne semble ni m'entendre ni m'avoir vue.

— Où sont mes lunettes… Mais qu'ai-je bien pu faire de mes lunettes… Elles sont là pourtant, j'en suis sûre… Je les ai vues ce matin… Où sont mes lunettes… Qu'est-ce que j'ai bien pu en faire… Ce n'est pas possible d'être aussi étourdie… Où sont mes lunettes, répète la vieille dame en boucle d'une voix monocorde.

— Antoinette ? je réitère avec un peu plus de force.

Elle s'arrête et tourne la tête vers moi, le regard vide malgré l'angoisse qui se lit sur son visage. Elle semble ne pas me reconnaître.

— C'est moi, Victoria, me sens-je obligée de lui préciser. Vos lunettes sont dans votre main.

Pendant un temps qui me paraît durer une éternité, elle ne dit rien, les yeux toujours rivés sur moi. Puis, peu à peu, son regard se remet à pétiller avec cette espièglerie qui la caractérise.

Elle baisse les yeux vers ses lunettes et, soudain, éclate de rire.

— Arthritique, et maintenant vieille folle. Ça promet !

Elle me fixe à présent comme si de rien n'était.

— J'ai une faim de loup ! Ça vous dirait qu'on fasse une pizza maison ? L'autre jour, j'ai trouvé une recette sur Internet qui a l'air super. Ah, et ne me sortez pas le refrain du « Vous allez sur Internet, vous ? ». Je sais vivre avec mon temps ! Comment je ferais pour regarder des films pornos autrement ?

* * *

Je regarde Antoinette placer les ingrédients de la pâte à pizza dans un robot de cuisine ultra-perfectionné dont je serais bien incapable de me servir.

— C'est magique, cet appareil, m'indique-t-elle. Il suffit de mettre la farine, l'eau, de la levure, un peu d'huile d'olive et hop, il vous fait une pâte en un rien de temps. C'est un cadeau d'anniversaire que j'ai fait à Dakota il y a quelques années. Quand elle était petite, elle voulait toujours nous cuisiner des plats. Si elle n'avait pas fait des études de psychologie, je pense qu'elle aurait été une très grande cuisinière.

Après quelques minutes de pétrissage, un bip nous indique que la pâte est prête. Antoinette la sort du robot avant de la placer dans un saladier.

— À présent il faut la laisser pousser tranquillement pendant une heure, m'explique-t-elle.

Je regarde ma montre, il est presque 20 heures, on n'est pas près de manger. Et dire qu'il nous suffirait de passer un simple coup de fil et, en moins d'un quart d'heure, un livreur – certes, sans doute très mal payé, mais d'une efficacité remarquable – sonnerait à la porte pour nous livrer une pizza fumante, prête à être dégustée.

Antoinette s'assoit et se sert un fond de vin. Elle a de nouveau le regard dans le vague. Un instant, j'ai peur qu'elle ne reparte dans ce monde effrayant qui l'avait avalé tout à l'heure. Mais il n'en est rien.

— Comment était ma Dakota au lycée ? me demande-t-elle. Est-ce qu'elle… Est-ce qu'elle paraissait heureuse ?

En voilà une question. Je n'en ai aucune idée. Et surtout, c'était loin d'être ma préoccupation. Est-ce qu'elle était heureuse… ? Elle marchait en regardant ses chaussures, la tête toujours à moitié dans les épaules. Quand elle parlait, il fallait toujours lui demander de hausser un peu la voix. Elle m'exaspérait, ça c'est certain, mais est-ce qu'elle était heureuse ?

— Pourquoi cette question ?

— Avec mon mari, nous avons toujours essayé de nous occuper au mieux de Dakota et Austin. À la mort de leurs parents, nous les avons accueillis, essayant de compenser l'absence comme nous le pouvions. Mais j'ai toujours eu peur que ce ne soit pas suffisant.

— Je ne sais pas pour ce qui est du lycée, mais ce qui est sûr, c'est qu'elle ne donne pas l'impression d'être malheureuse aujourd'hui. Quand elle parle à la radio, elle irradie la confiance en soi. Ça m'a même surprise, pour tout vous dire.

— Vraiment ? C'est une femme extraordinaire. J'aimerais tellement lui épargner… tout ça. Mais…

Elle s'interrompt et laisse sa phrase en suspens.

C'est à cet instant qu'on sonne à la porte. Peut-être que c'est un livreur de pizzas ? Un cadeau envoyé par les elfes maléfiques pour me remercier de mon implication dans leur programme de réhabilitation, peut-être ?

— Qui cela peut-il bien être ? Est-ce que vous voulez bien aller ouvrir, Victoria ? Si c'est un vendeur d'encyclopédies, vous saurez lui faire déguerpir le plancher bien mieux que moi.

Un vendeur d'encyclopédies à cette heure ? J'en doute. Et puis on n'est plus au XIXe siècle. Qui achèterait une encyclopédie alors qu'on peut trouver toutes les informations que l'on souhaite sur Wikipédia ?

Je m'exécute néanmoins et, Butch sur les talons, je vais ouvrir la porte d'entrée.

— Kansas ? Euh… Je veux dire, Austin ?

Devant moi se tient le frère de Dakota. Le petit garçon joufflu et rondouillet a laissé la place à un homme qui me dépasse d'une tête, physiquement bien plus en forme, mais dont le visage reste parfaitement reconnaissable.

— Victoria ! Tu n'as pas changé. Enfin, si l'on fait abstraction des rides. Tu devrais essayer les crèmes anti-âge, il paraît que certaines font des miracles.

— Austin, c'est toi ? demande Antoinette dans mon dos, m'empêchant par la même occasion de lui envoyer une réflexion bien sentie en réponse à sa remarque.

Quelles rides ? Je n'ai pas de rides.

Austin me passe devant pour prendre sa grand-mère dans ses bras. Il la soulève brièvement comme si elle ne pesait pas plus lourd qu'une enfant de cinq ans.

— Nous ne t'attendions pas avant demain ! Quelle belle surprise. Je suis si contente de te voir.

— J'ai réussi à m'arranger avec le studio. On a pu avancer la session et j'ai pris la route à peine l'enregistrement terminé. Dakota aurait voulu que j'arrive encore plus tôt, je sais, mais j'ai fait au mieux. La chute de Lucienne est plutôt mal tombée…

— Je ne suis pas d'accord ! De toute façon, si elle ne s'était pas luxé l'épaule, je l'aurais sans doute tuée de mes propres mains. Heureusement, Victoria a gentiment accepté de jouer les garde-vieux. Tu te souviens de Victoria ? lui demande-t-elle.

— Est-ce que je me souviens de Victoria ? dit-il en reposant sa grand-mère sur le sol. Oh que oui, je m'en souviens.

— Je l'aime beaucoup, poursuit Antoinette comme si je n'étais pas là. C'est une experte aux échecs et je peux te dire qu'elle n'a pas sa langue dans sa poche.

— Ah ça…

Je me décide à les interrompre.

— Au cas où vous l'auriez oublié, je suis là, juste derrière. Mais je peux vous laisser, si je dérange.

— De toute façon, maintenant que je suis ici, tu es libérée de tes fonctions, non ? réplique Austin. Je peux tout à fait veiller seul sur ma grand-mère.

C'est vrai, il a raison. Je peux m'en aller. Reprendre le cours de ma vie. Toute cette histoire n'a que trop duré.

Oui.

Sauf que, et j'étais loin de m'attendre à ça, cela ne me réjouis pas.

— Tu ne vas tout de même pas demander à Victoria de partir alors que la nuit est tombée ? Austin Lesage, j'espère t'avoir mieux éduqué que cela ! le gronde gentiment Antoinette. Il était prévu que Victoria rentre chez elle demain dans l'après-midi, je ne vois aucune raison d'y déroger. N'est-ce pas, Victoria ?

Tous les deux me fixent du regard. L'une avec espoir, l'autre avec défiance.

— Les programmes sont faits pour être respectés. Je ne serais pas directrice d'agence publicitaire si je ne croyais pas profondément à cette devise.

— Vous m'en voyez ravie ! Nous allons passer une très bonne soirée tous les trois. Vous devez avoir plein de choses à vous raconter si vous ne vous êtes pas revus depuis le lycée. J'espère que tu as apporté ta guitare, mon chéri ? Ça fait si longtemps que je ne t'ai pas écouté en jouer.

Austin désigne d'un signe de tête l'étui qu'il a posé au coin de la porte.

— Tu sais bien que je ne me déplace jamais sans elle.

— Et si je nous préparais des cookies ? Avec du bon chocolat chaud ! s'écrie Antoinette. Tu aimes toujours ceux à la noix de pécan ?

— J'en raffole, surtout quand c'est toi qui les fais et que tu me laisses les manger à peine sortis du four, lui répond-il en lui déposant une bise affectueuse sur la joue.

— Je me mets tout de suite à l'œuvre, alors ! Le temps pour toi d'installer tes affaires dans ta chambre et de te mettre à ton aise. Après ce long voyage en voiture, tu dois avoir envie de prendre une bonne douche bien chaude. Victoria et moi on se met aux fourneaux et on t'attend dans la cuisine.

— Victoria Delmas avec un tablier de cuisine ? J'ai vraiment hâte de voir ça. Je me dépêche.

Il fait quelques pas pour attraper sa valise et son double à cordes, puis commence à grimper l'escalier qui mène sans doute à sa chambre d'adolescent, avant de s'arrêter en plein milieu.

— Mounette, ça me fait vraiment plaisir d'être à la maison. Tu me manques, tu sais. Dakota, aussi. Toi, Victoria tu ne me manquais pas. Mais qui sait, ça peut s'arranger ? ajoute-t-il avec un clin d'œil.

Mais pour qui se prend-il ? S'il croit qu'il va pouvoir m'envoyer des piques comme ça toute la soirée, il se fourre le doigt dans l'œil jusqu'à sa montre !

Lui et sa précieuse guitare peuvent bien aller se faire voir.

* * *

De délicieux effluves de pizza – et maintenant de cookies – ont envahi toute la cuisine. C'était moins rapide qu'une commande par Internet, mais je dois reconnaître que la recette dénichée par Antoinette était délicieuse. Et la pâte faite au robot, fine et goûtue, comme il se doit.

Pendant le repas, le contraste entre mon quasi-silence et le babillage animé et constant entre Antoinette et son petit-fils était saisissant. C'était comme s'ils ne s'étaient pas vus depuis des siècles ou qu'ils ne s'appelaient jamais, ce que je sais ne pas être le cas. Antoinette voulait tout savoir de la vie d'artiste de son petit-fils, lui s'est délecté des anecdotes mettant en scène la fameuse Lucienne. Tous deux ont beaucoup ri.

Et moi, je me suis contentée de les regarder. En terre inconnue. Les repas de famille chez les Delmas sont très loin de ressembler à ça. Nous ne nous voyons que rarement, je ne communique presque jamais avec mes frères et, paradoxalement, nous n'avons rien à nous dire. Comme dans toutes les familles, me semblait-il. L'avantage ? Les repas ne s'éternisent jamais. Chacun retourne très vite à ses occupations professionnelles. Parfois même avant la fin du repas. Je ne compte plus le nombre de fois où Thomas, de garde, a été appelé par l'hôpital. Je l'ai toujours trouvé chanceux d'avoir une excuse pour s'éclipser un peu plus tôt.

Antoinette et Austin, eux, prennent leur temps. Ils savourent la présence de l'autre. L'affection qui déborde de leur regard me mettrait presque mal à l'aise tellement la chose m'est étrangère.

— Vous ne dites rien, Victoria ? m'interpelle soudain Antoinette, interrompant le cours de mes pensées.

Elle se lève pour sortir une nouvelle plaque de cookies du four.

— C'est vrai ça, je t'ai connue plus loquace. Tu as perdu de ta verve ? me lance Austin.

— Aucunement. Je n'ai pas l'habitude de parler pour ne rien dire, c'est tout. Efficacité, perspicacité, voilà ma devise.

Antoinette éclate aussitôt de rire.

— Tu l'as bien cherchée celle-là, mon chéri, lance-t-elle.

— Alors comme ça, tu es dans la pub ? enchaîne Austin sans se démonter. Je t'aurais plutôt imaginée tueuse à gages. Ou directrice d'établissement pénitentiaire, raille-t-il. Il faut de l'empathie dans ce métier, non ?

— Eh oui, j'ai monté ma propre agence de publicité dont la réputation ne fait que croître. Grâce à cette activité, je gagne très bien ma vie. Et toi ? Tu es intermittent du spectacle, c'est comme ça que l'on dit, non ? Ou tu préfères le terme « crève-la-faim » ?

En face de nous, Antoinette s'est rassise et grignote un cookie sans nous quitter des yeux. Elle semble fascinée.

— Ne vous interrompez surtout pas pour moi. Continuez, continuez. J'ai l'impression d'assister à une représentation théâtrale, dit-elle avec malice.

Je dois avouer que je suis surprise par la repartie d'Austin. Dans mon souvenir, c'était quelqu'un de solitaire et effacé, régulièrement moqué pour ses quelques kilos en trop. Loin de celui qu'il semble être devenu aujourd'hui.

— Je ne roule sans doute pas sur l'or comme toi, mais j'ai réalisé mon rêve de gosse. Et chaque fois que je monte sur scène, chaque fois que je joue, je me dis que j'ai beaucoup de chance de faire quelque chose qui me rend heureux. Tu peux en dire autant ?

Je m'apprête à lui répondre, mais les mots ne sortent pas. Quel était mon rêve de gosse ? Est-ce que je suis heureuse ? Je suis ambitieuse, déterminée à réussir, fière de ce que j'ai déjà accompli. Mais, suis-je *heureuse* ? Je prends soudain conscience que je suis incapable de répondre à cette question. Je ne me la suis jamais posée. J'ai un objectif, j'avance tout droit pour l'atteindre. Et ça s'arrête là.

— J'en étais sûr, conclut Austin face à mon silence. Allez, sans rancune, Victoria, me lance-t-il avec un sourire vainqueur, mais curieusement sans animosité.

— Puisque tu parles de musique, pourquoi est-ce que tu ne nous jouerais pas quelque chose ? propose Antoinette. Allons dans le salon ! s'exclame-t-elle en se levant de table. Je vous laisse prendre les cookies, je prépare les chocolats chauds.

D'un geste qui ne souffre pas de refus, elle me tend une assiette pleine à craquer de biscuits odorants.

Seules les guirlandes lumineuses du sapin de Noël éclairent le salon, ce qui donne à la pièce une atmosphère intimiste et chaleureuse. Je dépose l'assiette sur la table basse et m'assois dans le canapé. Austin sort sa guitare de son étui et prend place dans un fauteuil.

— Jamais je n'aurais cru que je te reverrais un jour, me dit-il, les yeux rivés sur son instrument dont il vérifie les cordes. J'avoue que j'ai été plus que surpris quand ma grand-mère m'a appris qui allait remplacer Lucienne. Tu étais venue pour t'excuser de ton attitude envers Dakota si j'ai bien compris ? me demande-t-il.

— Exact. Sur ça aussi tu vas trouver à redire ?

— Ce n'est pas ton genre de t'excuser. J'en suis certain. Tu te fiches trop des sentiments des autres pour ça. Ça a toujours été le cadet de tes soucis. La seule personne dont tu te préoccupes, c'est toi-même. Donc, oui, je suis curieux de savoir ce qui t'amène réellement chez nous.

Un contrat même pas signé passé avec des elfes maléfiques, suis-je un instant tentée de lui rétorquer. Mais le risque qu'elles me foudroient instantanément d'une crise cardiaque est tel que je ravale ma réplique. *D'ailleurs, cela fait longtemps qu'elles ne se sont pas manifestées par l'envoi d'une quelconque douleur physique*, pensé-je. *Étrange*.

Le portrait qu'Austin dresse de moi est assez juste. Pourquoi alors est-ce que cela me vexe ?

— Ça doit être la venue prochaine du Père Noël, je choisis de répondre. Il ne faut jamais sous-estimer le pouvoir du petit gros à la barbe blanche.

Austin lève les yeux vers moi, interrompant ses pincements de cordes, puis il éclate de rire.

— Alors ça, c'est l'explication la plus pourrie qui soit, mais elle est drôle. Au moins tu as de l'humour, donc ton cas n'est peut-être pas si désespéré que ça.

— Ravie d'apprendre que je ne vais pas directement aller brûler en enfer.

Antoinette nous rejoint, tenant dans ses mains un plateau sur lequel reposent en équilibre trois mugs littéralement recouverts de crème Chantilly.

— C'est moins bon sans, me chuchote-t-elle comme un secret.

Avant de s'asseoir à côté de moi, elle se dirige vers un meuble dont elle extrait un plaid rouge décoré de flocons blancs.

— Là, la soirée peut commencer, soupire-t-elle d'aise une fois qu'elle est assise et qu'elle a déplié sur ses jambes, mais aussi sur les miennes par la même occasion, la couverture dont la chaleur se répand aussitôt. À toi, Austin.

Le frère de Dakota s'exécute et commence à gratter les cordes de sa guitare. La mélodie, que je reconnais aussitôt, prend possession de l'espace.

— « C'est une maison bleue, adossée à la colline »..., se met à chanter Austin d'une voix pleine et incroyablement chaude, nous projetant à San Francisco.

La lumière des guirlandes, la guitare, la voix d'Austin font monter en moi... comme une envie de pleurer. Pourtant, je déteste les gens qui étalent leurs émotions en public. J'y ai toujours vu une sorte d'indécence et de faiblesse.

Je m'approche de la table basse pour attraper ma tasse de chocolat chaud et en boire une gorgée. Riche idée, la saveur doucement sucrée de la boisson me fait encore plus monter les larmes aux yeux ! Il me semble que ce serait le moment idéal pour proposer à Antoinette de revisionner le premier volet de *Sissi*, avant de réaliser avec effroi qu'il y a un risque que la déclaration de François-Joseph à Élisabeth de Bavière ne fasse céder la digue. *Misère.*

Je sens soudain le regard insistant de la vieille dame sur moi.

— Vous avez une jolie voix, vous aussi, me dit-elle.

— Comment ça ?

— Vous fredonniez.

— Pas du tout.

— Si, si, je vous assure. C'est sans doute la stratégie trouvée par votre cerveau pour vous empêcher de pleurer, cela dit.

— Je ne pleure jamais, affirmé-je aussitôt.

Austin, nous regarde, amusé, et continue de jouer.

— J'ai une idée ! s'exclame Antoinette. Attendez-moi là, je reviens.

Où pourrais-je bien aller ? Je suis coincée ici à cause de Guirty et de ses spasmes coronariens. Si ça ne tenait qu'à moi, je serais partie depuis longtemps.

— Je me demande ce que mijote Mounette… Méfie-toi, Victoria, je sens que la surprise est pour toi.

Je repense à l'incident des lunettes de tout à l'heure. Et si cela se reproduisait ? Comment Austin réagirait-il en voyant sa grand-mère dans cet état second ?

Je balaie cette image. *Qu'est-ce que ça peut me faire, de toute façon ? Je me fiche de ce qui peut bien se passer dans le cerveau de cette vieille chouette. Oui, je m'en fiche*[1].

— Le voilà ! s'écrie-t-elle une fois de retour dans le salon après s'être absentée une dizaine de minutes. Je savais que je l'avais gardé.

Elle me tend… un micro. L'exacte réplique de celui que j'aurais voulu recevoir à Noël il y a des dizaines d'années. À l'époque, je chantais souvent devant le miroir de ma penderie. Pas trop fort, pour que personne ne

1. Victoria : 0 – Pinocchio : 9 837 736 979 462 964.

m'entende – en particulier mon père. Il aurait trouvé cela ridicule. Alors, je fredonnais les mélodies tout en imaginant que je les chantais à tue-tête. Jusqu'au jour où j'ai cessé complètement.

— Prenez-le, insiste Antoinette. Je suis sûre que vous en mourez d'envie. C'est un cadeau que Dakota avait reçu pour Noël et que j'ai gardé. Elle a voulu s'en séparer à une époque, mais je m'étais dit qu'un micro, ça pouvait toujours servir.

Tant que je n'aurai pas pris ce micro, je sens qu'Antoinette ne renoncera pas à le tendre vers moi. Alors, je m'en saisis. Il est plus lourd que ce à quoi je m'attendais.

Austin change de rythmique, la musique se fait plus entraînante.

Lorsqu'il se met à entonner l'air de « J't'emmène au vent », de Louise Attaque, Antoinette m'encourage du regard.

Je porte le micro à mes lèvres et, fébrile, je commence moi aussi à fredonner, le son de ma voix restant largement couvert par celle d'Austin qui poursuit sur sa lancée.

Peu à peu, le reflet de l'adolescente devant son miroir s'éloigne, le spectre de mon père également, et soudain, je chante. À pleins poumons. À cœur joie. Comme si rien d'autre ne comptait.

Je chante.

23
Dakota

Jamais je n'aurais cru possible de reconnaître que Victoria Delmas, la fille qui me faisait pleurer au lycée, pouvait avoir raison sur quelque chose. Et pourtant, je dois bien l'admettre, concernant Sacha, c'est elle qui est dans le vrai.

Si une auditrice m'appelait pour me raconter cette histoire, je l'encouragerais à contacter Sacha. On ne sait jamais quel peut être le point de départ d'une belle histoire.

Mais alors, pourquoi est-ce que je ne me lance pas ? Il n'y aurait rien de plus facile, la radio garde les numéros de tous les gens qui appellent. Je n'aurais qu'à récupérer celui de Sacha et à lui envoyer un petit message du style : « Ça vous dirait que l'on prenne un café ? » Rien de plus simple, quelques petits mots et peut-être une jolie rencontre à la clé.

Mais rien qu'à l'idée de taper ce message, j'ai le cœur qui palpite et la sensation que mes jambes se dérobent sous moi.

Difficile de me voiler la face : j'ai peur. Je suis même morte de trouille.

Ce qui est paradoxal, c'est que je redoute moins le fait d'être rejetée que l'histoire qui pourrait naître à la suite de ce message. Parce que ce serait prendre le risque d'être abandonnée à nouveau par quelqu'un que j'aime. Je pensais avoir réussi à dépasser tout ça, je pensais avoir fait le deuil de mes parents. Force est de constater qu'il n'en est rien.

Bien sûr, j'ai eu quelques histoires avec des hommes. Mais, pour être honnête, toujours avec des types avec lesquels je savais dès le début que ça ne mènerait nulle part. Je cherchais simplement à passer du bon temps, pendant quelques semaines, quelques mois, avant que nos chemins se séparent – en résumé, des relations avec lesquelles je ne risquais pas de souffrir, mais sans épanouissement ni grand frisson en contrepartie.

La dégradation de l'état de santé de Mounette n'a pas non plus facilité les choses, ces derniers temps –, mais je sais aussi que c'est une excuse que je me trouve. Même si je suis très inquiète pour elle et que son absence de l'autre jour m'a particulièrement secouée, je sais qu'elle n'aime pas que je me sacrifie pour elle. Moi je ne le vois pas comme tel mais, dans les faits, ça y ressemble.

C'est dans cet état d'esprit que je pose mon casque sur mes oreilles, me préparant à passer une nouvelle nuit à accompagner mes auditeurs. Je suis perturbée et anxieuse car j'ai fini par prendre une décision.

— Il est 23 heures, vous êtes bien sur Radio Velours, nous sommes ensemble jusqu'à 2 heures du matin pour parler de tout, de rien, mais surtout de vous. Alors, n'hésitez pas à nous appeler, le standard est ouvert, et ce soir, c'est la charmante Carine qui vous y accueillera. Nous avons en ligne un premier auditeur. Bonsoir, quel est votre prénom ?

— Bonsoir, je m'appelle Maureen et je vous appelle parce que je suis un peu perdue… J'aurais besoin de conseils et je ne sais pas vraiment vers qui me tourner. J'écoute régulièrement votre émission et je me suis dit que vous pourriez peut-être m'aider à y voir plus clair.

— Merci pour votre confiance. Je suis touchée que vous soyez si nombreux à la placer en moi. Expliquez-moi, quels conseils venez-vous chercher ?

— Eh bien, cela fait quelques années que je travaille dans une entreprise et que j'occupe un poste qui ne me plaît pas. Enfin, il me plaisait au début, mais il y a eu des changements de direction, des changements de politique institutionnelle, et je ne m'y retrouve plus. C'est devenu très inhumain, très injuste. À tel point que je pleure dans ma voiture avant de rentrer chez moi. Je ne veux pas montrer à mes enfants que leur maman ne va pas bien. Ils sont petits, ils ne comprendraient pas.

— Vous savez, même si vous vous cachez pour pleurer, les enfants ressentent quand quelque chose ne va pas. Ce sont de vraies éponges. Et il n'y a rien de mal à leur apprendre que les adultes ont des émotions eux aussi – au contraire –, et que leur maman est un être humain, qui a le droit d'être triste parfois.

— Oui, bien sûr, je sais que vous avez raison. Mais je n'ai encore parlé de tout ça à personne. Chaque soir, je me dis qu'il faut que j'en parle à mes proches, mais je trouve toujours une bonne excuse pour ne pas le faire. J'ai peur que ça rende tout ça réel.

— Même si vous n'en parlez pas, la situation est bien réelle pour vous. Et elle vous fait souffrir.

— Je voudrais être capable de prendre une décision avant de… Je voudrais… pardon, je ne sais pas trop comment expliquer. C'est la première fois que je participe à une émission comme la vôtre. Je me sens un peu ridicule, il y a tellement de gens qui vivent des choses plus graves.

— Il n'y a pas de hiérarchie dans la souffrance. Heureusement que chacun reste libre de ressentir des émotions, quand bien même elles paraissent moins graves ou moins importantes. Si cette situation vous mine au quotidien, il s'agit d'un véritable problème. Vous dites que vous voudriez prendre une décision avant de parler de tout ça à votre famille. Quel genre de décision ?

— Je voudrais trouver le courage de quitter mon emploi. De changer complètement de voie. Mais, et si je n'y parvenais pas ? Je ne peux pas me le permettre. J'ai des enfants, une maison… J'ai peur. Non, en réalité, je suis terrorisée. Rester me terrifie, et partir encore plus. J'ai l'impression que c'est insoluble.

— Vous parlez de changer de carrière, cela veut-il dire que vous avez déjà réfléchi à ce dans quoi vous voudriez vous lancer ?

— Oui. À vrai dire, cela fait un moment que j'y pense. Depuis toute petite, j'aime faire de la pâtisserie. J'aime inventer des recettes, tester des associations, faire goûter mes réalisations. Quand je cuisine, j'oublie tout et je me sens sereine. Je me suis renseignée pour passer un CAP de pâtisserie, j'ai même rempli un formulaire pour m'inscrire à des cours en ligne. Mais l'enveloppe est toujours dans mon sac à main.

— Je vois que vous avez plus que commencé à réfléchir, je trouve que vous êtes même déjà bien avancée. C'est peut-être un signe qu'il est temps de vous lancer ? Ce n'est jamais facile de prendre ce genre de décision, et la peur que vous ressentez s'entend parfaitement. D'ailleurs, elle ne disparaîtra pas comme par magie. Ce changement de vie sera sans doute très angoissant au début. Mais au bout du chemin, il y aura peut-être l'épanouissement auquel vous aspirez ?

— Mais, et si ça ne marche pas ?

— Ça, tant que vous n'avez pas tenté le coup, vous ne pourrez pas le savoir. Il existe des dispositifs qui vous permettent de sécuriser votre départ, des demandes de congés pour création d'entreprise par exemple, ou tout simplement une demande de congé sabbatique. Comme ça, si au bout d'un ou deux ans, cela ne fonctionne pas, vous pourrez retrouver votre poste.

— Jamais je ne réussirai à y retourner une fois partie !

— C'est sans doute un début de décision, vous ne croyez pas ?

— Peut-être...

— Le premier et sans doute le seul conseil que je vous donnerai ce soir, c'est d'en parler. À votre famille, votre entourage. Prendre une telle résolution toute seule, alors que vous êtes affaiblie par un environnement professionnel qui vous épuise, c'est trop lourd. Allez puiser du soutien auprès de ceux qui vous aiment. Commencez par là, ça ne vous engage à rien, mais ça peut vous aider à avancer. Et puis, si d'aventure vous preniez effectivement le parti de changer de carrière, vous aurez besoin de ce soutien.

— Oui, vous avez sans doute raison. Je vais essayer d'en parler à mon mari. Merci beaucoup de m'avoir écoutée.

— Je suis là pour ça. Et surtout, si vous tentez l'aventure de la pâtisserie, sachez que mon dessert préféré c'est la tarte aux fraises, plaisanté-je.

— Je tâcherai de m'en souvenir, dit-elle en riant. Au revoir, Dakota, et bonne fin d'émission.

— Bonne soirée à vous, Maureen. Et n'hésitez pas à nous appeler pour nous donner de vos nouvelles. Si vous êtes une fidèle de l'émission, vous savez que l'on a toujours beaucoup de plaisir à avoir des retours de ceux qui ont eu ce courage de venir exposer leur problématique sur les ondes.

— Je n'y manquerai pas.

Les auditeurs et les témoignages s'enchaînent. Chaque fois, l'histoire est différente. Des larmes souvent, mais parfois aussi des rires. Des gens qu'il faut rassurer, consoler, encourager. Je me sens à ma place.

Lorsque j'enlève mon casque, la nuit est bien avancée. Mais je ne déroge pas à la décision que j'ai prise, malgré l'heure tardive. Parce que je ne veux pas courir le risque de me trouver de nouvelles excuses d'ici demain matin.

J'attrape le petit bout de papier sur lequel j'ai noté un numéro de téléphone, et je pianote quelques mots avec le mien.

Sacha, je sais qu'il est près de 2 heures du matin et que c'est une heure un peu incongrue pour envoyer un message, mais est-ce que ça vous dirait que nous nous rencontrions pour prendre un café ? Dakota.

Puis, j'appuie sur « Envoyer ».

JEUDI 23 DÉCEMBRE

24
Dakota

Cela fait une bonne demi-heure que je suis réveillée, mais je n'ai pas encore ouvert les yeux. Je retarde ce moment car je sais que je ne pourrais pas m'empêcher de regarder aussitôt mon téléphone portable. Est-ce que je me suis ridiculisée en envoyant ce message à Sacha, cette nuit ? Si on pouvait effacer un SMS envoyé, je crois que je l'aurais fait. Pourquoi accepterait-il de prendre un café avec moi ? Je ne suis qu'une voix à la radio pour lui.

Je sens soudain mon lit s'affaisser sous un poids.

— Je te préviens, Butch, j'espère que tu as mâchouillé le bâton pour les dents que je t'ai donné. Je ne suis pas d'humeur à supporter ta mauvaise haleine.

— Je ne suis pas adepte du bâton pour les dents. Je préfère largement le dentifrice.

— Austin ! m'écrié-je en me redressant d'un bond. C'est toi ?

— Dans la mesure où notre dalmatien n'a pas subitement appris à parler pendant la nuit, oui, on peut conclure que c'est moi. Comment ça va, Dakodac ?

— Je ne savais pas que tu étais arrivé ! je m'exclame en serrant mon frère dans mes bras Tu n'avais pas un truc en studio ?

— Si. Je me suis organisé pour qu'on s'y mette très tôt dans la matinée. Comme ça, j'ai pu prendre la route en début d'après-midi. Je suis arrivé vers 20 heures, hier soir.

— Tu aurais dû me prévenir !

— C'est un peu le concept d'une surprise, sœurette. Si je t'avais prévenue, ça aurait ruiné mon effet. Je sais que tu aurais voulu que j'arrive plus tôt pour m'occuper de Mounette, mais j'étais vraiment coincé.

— Ce n'est pas grave, t'inquiète. On s'est débrouillées. Je suis trop contente que tu sois là. Tu m'as manqué, frérot.

— Tu m'as manqué aussi, Dakodac. Pour tout te dire, cette maison aussi. Je ne m'étais pas rendu compte que je n'étais pas revenu ici depuis plusieurs mois déjà. Le temps passe à une de ces vitesses.

— Oui… La dernière fois, c'était pour l'anniversaire de Mounette, je pense. Comment… l'as-tu trouvée ? demandé-je avec hésitation.

— Plutôt en forme, à vrai dire. Elle a chanté avec nous une bonne partie de la soirée.

— Pas… de réaction étrange ? D'absence ?

— Non. En tout cas, je ne me suis aperçu de rien. Pourquoi ? Tu penses que son état empire ?

— Ce n'est pas seulement moi qui le « pense ». C'est un fait, affirmé-je en remontant mes genoux contre ma poitrine avant d'y poser mon menton. Hier, on jouait aux dames et elle a littéralement perdu les pédales. Ça m'a fichu une de ces trouilles.

— Dakota…

— Oui, je sais ce que tu vas me dire. Mais, c'est trop tôt ! Elle est encore jeune.

— Ce n'est pas moi qui vais t'apprendre que l'âge n'a rien à voir là-dedans. Tu lui en as parlé ? Du fait qu'elle ait des absences, je veux dire.

— Non. Ça ne dure pas très longtemps. Et ensuite… ensuite, elle redevient Mounette. Et c'est comme s'il ne s'était rien passé. À quoi ça servirait de revenir dessus, à part l'angoisser ou lui faire de la peine ?

— Hum… Je ne suis pas certain que tu donnerais ce genre de conseil à l'un de tes auditeurs !

— Tu ne vas pas t'y mettre ! J'ai déjà assez à faire avec Mounette et Victoria.

Il me regarde, interloqué, avec son fameux sourcil droit levé. J'ai eu beau m'entraîner des heures et des heures devant la glace, je n'y suis jamais parvenue. Ça m'a toujours copieusement agacée.

— Laisse tomber la technique du sourcil, ça ne marche plus sur moi. Je ne te dirai rien, même sous la torture.

Il rit.

— En parlant de Victoria… C'est quand même bizarre qu'elle soit chez nous, non ? Parce que bon, elle et toi…

— Nous n'étions pas les meilleures amies du monde, non, c'est le moins qu'on puisse dire. Je suis la première surprise par sa venue, mais il se trouve que ça m'a plutôt tirée d'affaire après l'accident de Lucienne, alors je ne me suis pas posé trop de questions. Ça a été avec elle ?

— Elle ne me fait pas peur. Je ne suis plus le gamin qu'elle a connu.

— Vous vous êtes disputés, c'est ça ? je demande en soupirant.

— Non, je ne dirais pas ça. Disons que nous nous sommes un peu cherchés, mais tout en restant cordiaux, tu vois le genre ?

— Je vois tout à fait…

— Elle a du répondant. Mais même si le vernis en surface paraît dur, un coup d'ongle suffit à l'écailler.

— Un coup d'ongle suffit à l'écailler ? répété-je en riant. C'est que tu t'improvises psychologue maintenant. À partir de maintenant, je ferai appel à toi pour me remplacer à la radio les soirs où je suis fatiguée.

— Merci, mais sans façon. Il n'y a que toi qui sois capable d'écouter tous ces gens qui se plaignent sans perdre ton calme. Avec moi, ce serait plutôt : « Arrêtez de vous regarder le nombril. Auditeur suivant ! »

Tiens donc. J'ai déjà entendu cette phrase quelque part, et ce, pas plus tard qu'hier. Se pourrait-il que ces deux-là… ? Non, évitons de penser au pire.

— Je meurs de faim. On descend et on se prépare un méga petit déj comme quand on avait quinze ans ? je propose à Austin.

— Tu as toujours su me prendre par les sentiments. Je suis ton homme ! Juste une question… me demande-t-il après s'être levé de mon lit, est-ce que ça inclut forcément de manger une tranche de brioche tartinée de mayonnaise ?

— Ça n'est arrivé qu'une seule fois ! répliqué-je en lui balançant mon oreiller. Il me semble d'ailleurs qu'on avait dit qu'on ne reparlerait jamais plus de cette sombre aventure culinaire !

— On avait dit ça ? Je ne m'en souviens pas… Mouneeeeeettte ! s'écrie-t-il en se précipitant hors de ma chambre. Il faut absolument que je te raconte un truc !

Je ne peux m'empêcher d'éclater de rire. Qui aurait pu prédire que l'assemblage de deux éléments aussi délicieux que la brioche moelleuse et la savoureuse mayonnaise de Mounette seraient loin d'être une réussite sur le plan gustatif ?

25

Victoria

Est-ce que j'ai rêvé ou moi, Victoria Delmas, directrice de l'une des agences de publicité les plus prometteuses du pays, j'ai réellement passé la soirée à chanter avec un micro à la main et un immense sapin croulant sous les décorations en arrière-plan, le tout devant une vieille dame et un musicien aussi talentueux qu'il était pleurnichard au lycée ?

Il semblerait que oui. Aussi incroyable que ça puisse paraître.

Je me sentais… bien.

Mais ce matin, je ne sais pas quoi penser de tout ça. D'ici quelques heures, je laisserai Antoinette et Dakota à leur vie, je reprendrai le cours de la mienne, et pourrai enfin travailler à mes dossiers en cours. Bientôt, cette histoire ne sera plus qu'un mauvais souvenir. Après tout, je suis là uniquement parce que j'y suis contrainte.

Est-ce moi que je cherche à convaincre ?

J'espère bien, d'ailleurs, que ma réhabilitation sera validée par le centre, pensé-je tout en m'habillant. J'ai rendu un fier service à Dakota en surveillant sa grand-mère et j'ai même chanté en compagnie de Kansas ! Si ça, ce n'est pas de la réhabilitation, je ne sais pas ce que c'est. D'ailleurs, nous sommes le 23 décembre, je peux m'enorgueillir d'avoir exécuté le contrat bien avant la date butoir. Net et sans bavure. Victoria Delmas réussit toujours ce qu'elle entreprend. Je devrais leur suggérer d'en faire la devise de leur programme.

* * *

J'entends des rires qui fusent en provenance de la cuisine. La voix de Dakota se mêle désormais à celles de son frère et de sa grand-mère.

Antoinette est aux fourneaux, elle fait cuire des œufs, sous le regard attentif de sa petite-fille. La table est recouverte de victuailles en tout genre : des fruits, des toasts, plusieurs sortes de confitures, du bacon grillé et des saucisses, mais aussi du fromage ainsi qu'un pichet de jus d'orange frais et un autre de jus de raisin…

Austin, lui, remplit son assiette presque aussi vite qu'il la vide.

Je les rejoins discrètement – précaution inutile, tant ils sont pris par leur conversation pour le moins animée.

— Je ne peux pas croire que tu aies forcé ton frère à manger une tranche de brioche recouverte de mayonnaise ! s'exclame Antoinette, rieuse.

— Pour ma défense, j'ignorais que ça allait avoir un goût affreux.

— Tu m'as obligé à tout finir ! s'offusque Austin. Jusqu'à la dernière miette.

— Il fallait être sûr. Parfois on trouve le goût mauvais à la première bouchée, mais ensuite on s'habitue à la saveur, et on finit par apprécier. Comment crois-tu que les grands chefs procèdent ? Ils ne s'arrêtent pas aux premières grimaces. Imagine qu'on ait mis le doigt sur une association de saveurs révolutionnaire ? Cela aurait pu faire notre renommée ! Que crois-tu qu'on ait pensé du premier type qui s'est dit « Tiens, si je mélangeais de la courgette et du chocolat ! » ?

— Dans mon souvenir, tu t'es bien gardée de prendre toi-même part à cette découverte de « saveurs révolutionnaires »...

— Tu devenais verdâtre au fur et à mesure de la dégustation, ça ne m'a pas donné envie, lui rétorque Dakota avant d'éclater de rire et de mettre ses mains devant son visage pour se protéger de l'envoi intempestif d'un morceau de pain.

Antoinette verse dans un plat les œufs brouillés qu'elle vient de cuire, puis s'assoit.

— Il s'en passait de belles lorsque j'avais le dos tourné. Vous en avez d'autres dans le genre ?

Dakota et Austin se regardent avant de nier de concert et le plus innocemment possible.

Est-ce que Spencer, Thomas et moi aurions des anecdotes de ce type à raconter ? J'en doute. Entre nos activités extrascolaires, nos devoirs et les cours particuliers qui se sont ajoutés au fur et à mesure des années, nous avions peu d'occasions de nous retrouver tous les trois. En contrepartie, je parle russe et j'ai des notions de chinois, ce qui m'a été très utile dans mon métier. Pas sûr que la dégustation d'une tranche de brioche recouverte de mayonnaise ait bénéficié d'une quelconque manière à l'un ou à l'autre.

— Bonjour, Victoria, vous avez bien dormi ? me demande Antoinette en s'apercevant de mon arrivée. J'espère que vous avez faim, j'ai préparé un petit déjeuner pour un régiment !

Pas besoin d'être psychologue pour comprendre que la présence de ses deux petits-enfants la rend heureuse. Je crois que je finirais par choper une tendinite aux joues, à sourire comme elle le fait.

— La nuit a été bonne, merci, je lui réponds tout en étalant du miel sur un toast.

— Tu devrais essayer de mettre une saucisse dessus, propose Austin. Et peut-être même une cuillerée de confiture de fraises. C'est ma sœur, une certaine Dakota, grande cheffe de cuisine au talent méconnu, qui prône l'association de saveurs en apparence antagoniques. Il paraîtrait – même si personne n'a jamais survécu assez longtemps pour le confirmer –, que c'est ainsi qu'on découvre des merveilles culinaires, raille-t-il avant d'à son tour se protéger le visage d'un morceau de pain lancé dans sa direction par sa sœur.

Je serais bien en peine d'expliquer ce que je m'apprête à faire. À nouveau, je ne sais pas quoi penser de tout ça.

Pourtant, c'est bien moi qui pique avec ma fourchette une saucisse, puis une seconde, pour en garnir mon toast préalablement tartiné de miel. C'est également moi qui recouvre le tout d'une généreuse cuillerée de confiture de fraises avant de mordre à pleines dents dans mon étrange création.

Antoinette, Austin et Dakota me fixent, suspendus à mes lèvres, et visiblement tout aussi surpris que moi par mon propre geste.

— Alors, c'est comment ? finit par me demander Dakota, rompant ainsi le silence.

— Affreux ! m'exclamé-je après avoir péniblement dégluti ma bouchée. Tu as bien fait de t'orienter vers la radio. Tu feras moins courir de risques à tes auditeurs si tu te limites à les écouter plutôt qu'à les nourrir.

Et soudain, j'éclate de rire. Pendant de longues minutes, je ris. Au point de peiner à reprendre mon souffle. Au point d'en avoir mal aux côtes.

Et cette fois, Guirty n'y est pour rien.

26
Dakota

Je sens mon téléphone vibrer dans ma poche. Victoria est en pleine crise de fou rire, aussi inattendue que communicative, je dois dire. À tel point que Mounette a dû se précipiter aux toilettes, arguant aussitôt d'un périnée hors d'âge pour couper court à nos éventuelles moqueries.

Sacha n'avait pas répondu lorsque j'ai regardé mon téléphone avant de descendre à la cuisine. Je ne sais pas si cela m'a soulagée ou déçue. Probablement un peu des deux.

Pourtant, quand une plus courte vibration m'indique la réception d'un message, mon cœur se met à battre la chamade.

Discrètement, je sors mon portable de ma poche et sens mes joues s'enflammer tandis que je lis sa réponse.

Un café ? Mais avec grand plaisir. Vers 11 heures ? Café des Lys ?

Il veut bien prendre un café avec moi. Il veut bien prendre un café avec moi ! je me répète, encore et encore. J'ai envie de crier et de sauter partout comme une adolescente de quinze ans.

Je pianote d'un air aussi détaché que possible pour ne pas m'attirer de questions indiscrètes.

11 heures, c'est parfait pour moi. Bisous.

Et j'envoie. Avant de réaliser…

Est-ce que j'ai écrit « bisous » ?

Mon Dieu, oui. Mais qui écrit « bisous » dans ce genre de situation ? À part une pauvre idiote. Je me foutrais des baffes. Bisous… Non, mais n'importe quoi. Pourquoi pas je t'aime tant que j'y suis ! Je me sens ridicule. À tel point que je n'ose pas tout de suite regarder mon téléphone lorsqu'il vibre à nouveau.

Je me réjouis. Bisous partagés. ☺

— Que fait-on aujourd'hui ? demande Antoinette alors que Victoria reprend peu à peu son souffle. On pourrait regarder un film ? propose-t-elle. Comme lorsque vous étiez petits et que l'on fêtait le premier jour des vacances de Noël en regardant des dessins animés toute la journée, pelotonnés les uns contre les autres sous une grande couverture.

— Cet après-midi si ça vous dit, mais j'ai euh… une réunion ce matin. Je viens de recevoir un mail à ce sujet.

— Une réunion un 23 décembre ? Mais Victoria doit partir bientôt, soupire Antoinette. Tu ne peux pas leur dire que tu es malade ?

— Non… je suis désolée. Je ne peux pas ne pas y aller. Mais cela ne devrait pas s'éterniser. Je devrais être rentrée au plus tard pour 14 heures. Je vous enverrai un message pour vous prévenir, mais si jamais ça se prolonge, mangez sans moi.

Je regarde ma montre, il est presque 10 h 30, il faut que je m'active. J'avale tout rond mon dernier morceau de toast, ce qui contrarie mon œsophage, puis je me lève

— Il faut que je me change et que j'y aille si je ne veux pas être en retard.

— Te changer ? Qu'est-ce qui cloche avec tes vêtements ? me demande Mounette, validant par là même le jean et le pull que j'ai enfilés sans me poser de question tout à l'heure.

— C'est parce que... il y a une séance avec un photographe de prévue... à la fin de la réunion, pour euh, la photo de Noël. Alors, ils nous ont demandé de nous habiller un peu plus... un peu moins décontracté, bredouillé-je.

Je ne m'attarde pas dans la cuisine. Même Butch ne croit pas une seconde à cette histoire de séance photo. Si je me dépêche, avec un peu de chance, je serai partie avant que la table soit débarrassée et que mon frère et ma grand-mère aient le champ libre pour me cuisiner.

27
Victoria

Je n'ai pas ri comme ça depuis une éternité. C'est venu de nulle part. Ça m'a prise par surprise. Moi qui déteste perdre le contrôle, je devrais me sentir mal à l'aise, voire limite affolée. Et pourtant, c'est tout l'inverse. Je me sens bien. *Incroyable !*

— Tu vas finir par réussir à me faire changer d'avis sur ton compte, Delmas, me dit Austin, qui termine de remplir le lave-vaisselle avec les assiettes du petit déjeuner. Et, tu peux me croire sur parole, l'exercice n'est pas aisé.

— Pourquoi ? Tu es du genre borné ? répliqué-je.

— Méfiant, plutôt. Mais je dois bien admettre que te voir manger cette tartine miel, saucisse, confiture était bien la dernière scène à laquelle je pensais assister en me levant ce matin.

— Si tu n'as pas beaucoup d'imagination, je n'y suis pour rien.

— Ne t'inquiète pas pour mon imagination. Elle est tout à fait fertile.

Il me fixe. Sans ciller. J'ai l'impression que les murs de la cuisine se rapprochent de moi. Et j'ai chaud. Est-ce que c'est encore un coup des cinglés du centre de réhabilitation ? Elles devraient être satisfaites de mon éclatante réussite pourtant.

— Je te propose de rejoindre ma grand-mère, enchaîne-t-il après quelques instants.

Je rêve ou sa voix est plus rauque que tout à l'heure ? Il y avait quoi dans ces saucisses ? Du gingembre ? Des huîtres ? Les deux ?

Nous n'avons pas le temps de nous diriger vers le salon, qu'Antoinette fait irruption dans la cuisine, engoncée dans une énorme doudoune violette, une écharpe en laine jaune autour du cou.

— Mounette ? Je sais que tu te plains souvent d'avoir froid, mais j'ai peur que tu ne sois pas très à l'aise pour regarder un film dans cette tenue…

— Qui parle de regarder un film ?

— C'est toi qui as proposé ce programme, il n'y a pas quinze minutes, juste avant que Dakota ne s'enfuie de la maison pour aller à sa réunion imaginaire. Tu ne t'en souviens pas ? s'inquiète-t-il soudain.

— Pour qui me prends-tu ? Une vieille gâteuse ? Je me souviens très bien de ce que j'ai dit il y a un quart d'heure, et même de la couleur de la culotte que j'ai mise ce matin. Elle est rose. Tu veux vérifier ?

— Non, non, je te crois, je te crois, dit-il en riant. Mais alors, pourquoi ce manteau ?

— Vous allez m'emmener au centre commercial ! s'exclame-t-elle, tout sourires.

— Au centre commercial ? Mais pour quoi faire ?

— Il ne t'aura pas échappé, mon petit chéri, que nous sommes le 23 décembre, et que c'est bientôt Noël.

— En effet…

— Quand ta sœur est là, elle est collée à mes semelles comme un vieux chewing-gum. Et quand elle est au travail, elle me fait garder par un geôlier !

— Antoinette ! je ne peux m'empêcher de protester.

— Je ne dis pas que le geôlier ne peut pas être sympa ou incroyablement doué aux échecs, il n'empêche que ça reste un geôlier. Si encore c'était un membre de la gent masculine, soixante-dix ans et encore fringant, nous trouverions à quoi nous employer…

— Mounette !

— Ne prends pas ton air choqué. Il n'y a pas que Dakota qui ait une libido dans cette maison, les vieilles dames aussi ont des besoins.

— Ça n'est pas gentil de parler de Victoria en ces termes, réplique Austin du tac au tac.

Victoria n'a rien demandé. Et Victoria n'aime pas trop être prise pour cible.

Mais Victoria éclate de rire. Encore une fois.

— Pourquoi voulez-vous aller au centre commercial, Antoinette ? demandé-je.

— Ça me paraît pourtant clair, pour acheter des cadeaux de Noël ! Je n'aurai pas d'autres occasions que cette prétendue réunion de dernière minute de Dakota. D'ailleurs, à votre avis, il est blond ou brun ?

— Qui ça ? demande Austin.

— Eh bien, le type avec lequel elle est partie prendre du bon temps ? Vous n'avez pas cru à cette histoire de photographie de Noël quand même ? Dakota est allée retrouver un homme. Et si c'est celui auquel je pense, j'espère qu'elle ne rentrera pas avant plusieurs heures, ajoute-t-elle en m'adressant un clin d'œil de connivence. Par conséquent, ça m'ouvre une fenêtre de liberté pour du shopping !

— Je ne savais pas que Dakota voyait quelqu'un.

— Si tu écoutais un peu plus les émissions de ta sœur aussi… Est-ce qu'on va rester plantés dans cette cuisine encore longtemps ? J'ai le sillon interfessier qui transpire avec cette tenue !

* * *

Qu'y a-t-il de pire qu'un centre commercial ? Un centre commercial à deux jours de Noël ! Les magasins sont bondés. Mais qui sont tous ces gens ? Ils ne travaillent pas ? Une heure que nous y sommes et j'ai l'impression d'avoir perdu dix ans de ma vie. Tout ça à cause d'Antoinette et de sa méthode bien à elle pour faire du shopping : entrer dans chaque boutique pour faire du « repérage », puis, une fois ce tour de chauffe terminé, revenir sur ses pas pour acheter les articles repérés durant son premier passage.

Heureusement que, depuis plusieurs années, c'est Lexie qui se charge d'acheter mes cadeaux de Noël.

— Et si vous alliez boire un café tous les deux ? nous propose soudain Antoinette.

— Tu en as marre de nous, c'est ça ? plaisante Austin.

— Tu sais bien que je n'en ai jamais marre de toi, mais je ne peux pas vous acheter vos cadeaux si je vous ai dans les jambes. Alors, ouste, ouste, allez vous asseoir dans ce café et moi je file terminer ce que j'ai à faire dans le magasin juste en face.

— Mais, Mounette…

— Tu ne vas pas devenir comme ta sœur ! Je serai dans cette boutique, qui est à peine à dix mètres du café, que veux-tu qu'il m'arrive, enfin ?

Sans lui laisser le temps de riposter, Antoinette lui tourne le dos et s'engouffre en trois enjambées dans le magasin en question. Quant à moi, l'idée de la laisser partir seule me cause moins d'états d'âme que le fait qu'elle prévoie de m'acheter un cadeau de Noël.

Une personne qui vous offre un présent s'attend à ce qu'on lui en offre un en retour, non ? Je compte bien reprendre le cours de ma vie dans l'après-midi, moi. Et cela n'inclut pas d'achat ni de déballage de cadeau.

Austin prend place à une table, et je m'assois à côté de lui.

— Je n'ai jamais rencontré quelqu'un comme ta grand-mère, dis-je tout en examinant la carte des boissons.

— Oui, c'est un personnage, c'est sûr. Et encore, avec l'âge, elle a tendance à se calmer un peu. Je te laisse imaginer comment elle pouvait être il y a quinze ans. C'est sans doute en grande partie grâce à ce côté un peu exubérant qu'avec Dakota on a pu surmonter… le décès de nos parents.

Ça y est, je sens qu'on va sombrer dans les larmes et le pathos. Tout ce que je déteste.

— Et toi, Delmas, qu'est-ce qui t'a rendue si hargneuse ? On t'obligeait à te doucher chaque jour à l'eau froide ?

Finalement, il n'en est rien…

— Je ne suis pas « hargneuse », je lui réponds après avoir commandé un latte macchiato auprès du serveur.

— Un pitbull passerait pour un Bisounours à côté de toi.

— Ce n'est pas ma faute si tu n'as pas l'habitude de côtoyer des femmes indépendantes, ambitieuses et talentueuses.

— En toute modestie…

— La modestie, c'est pour ceux qui n'ont pas le courage d'assumer qui ils sont vraiment. Ce n'est pas mon cas. Je ne me cache pas derrière quoi que ce soit.

— Hargneuse, et incisive. C'est un bon cocktail. J'aime assez, je dois dire, me répond-il sans me quitter des yeux, avant d'avaler une gorgée de sa bière pression.

Avec ses cheveux bruns, épais, qui mériteraient une bonne coupe, ses yeux verts, son visage plutôt carré, son large sourire, ses talents de musicien, l'Austin de trente-quatre ans est si loin du gamin rondouillard et solitaire dont j'avais le souvenir.

C'est alors que je comprends… et manque m'étouffer en avalant de travers ma boisson chaude.

Il me plaît.

Austin, ce type un peu cynique et cassant, me plaît.

Et ça m'agace.

— Serait-ce que je te perturbe, Victoria ? Ce serait un sacré pied de nez, tu ne trouves pas ?

— Ne sois pas trop présomptueux. J'ai juste avalé de travers.

Oui, il me plaît, c'est évident. Misère.

Heureusement, dans quelques heures, je serai loin d'ici. Je n'ai pas besoin de ce genre de perturbation émotionnelle. Je dois rester concentrée sur mes objectifs professionnels. Sur ce qui est réellement important.

Moi non plus je ne le quitte pas des yeux. Je n'ai pas pour habitude de détourner le regard, pourtant je dois puiser dans mes ressources pour ne pas flancher. Austin pose son verre et rapproche lentement sa tête de la mienne. Je sens les effluves de son parfum boisé, épicé, le souffle de sa respiration. Ses lèvres légèrement ombrées d'une barbe de quelques jours se rapprochent des miennes. Alors que j'ai toujours trouvé ça ridicule au possible quand une scène de ce genre a lieu dans un film, ma bouche s'entrouvre presque par réflexe, prête à accueillir la sienne. Je sens mon pouls qui s'accélère.

Des éclats de voix détournent soudain notre attention et interrompent l'intimité sur le point de s'installer.

Plusieurs personnes sont regroupées devant le magasin en face du café. Il y a des cris. Et cette voix que nous reconnaissons tous les deux instantanément.

Austin se lève brusquement.

C'est Antoinette.

28
Dakota

Je suis nerveuse. J'ai beau me répéter que ce n'est qu'un café, et que, après tout, des cafés on en boit des millions dans notre vie, avec des tas de gens différents, ça ne sert à rien. Je reste nerveuse.

Après tout, je ne risque pas grand-chose. Au pire, le courant ne passe pas entre nous, nous terminons rapidement nos boissons et nous souhaitons une bonne journée.

Sauf que… j'ai envie que le courant passe. Voilà. J'ai envie que ce café soit le premier d'une longue série. J'ai envie de vivre une belle histoire. J'ai envie de quelqu'un pour me prendre dans ses bras. J'ai envie… de ne plus être seule.

Lorsque j'entre dans le Café des Lys, mes yeux se posent immédiatement sur lui. Malgré les nombreux clients présents, je sais que c'est Sacha. Il est là, au fond de la salle, le buste bien droit, guettant sans doute mon arrivée. De Sacha, je ne connaissais que la voix. Belle, grave, chaleureuse. Je découvre qu'il est plutôt bel homme, du peu que j'entrevois de lui depuis l'endroit où je me trouve.

Je peux encore faire demi-tour et quitter le café. Je peux encore lui envoyer un texto en lui expliquant que j'ai eu un contretemps. Je peux encore m'enfuir et ne pas souffrir.

Mais, au bout de quelques instants, je choisis d'avancer d'un pas, puis de deux. Je choisis de sourire, même si je n'en mène pas large. Je choisis de prendre le risque.

— Sacha ? C'est bien toi ?

Il me regarde et sourit. Jamais mon cœur n'a battu aussi vite.

Tu es ridicule, ma pauvre Dakota, ridicule.

— Dakota !

Il se lève et me fait la bise, avant de se rasseoir. Je désenroule mon écharpe, défais mon manteau et prends place face à lui. Je me sens aussi à l'aise qu'un homard à l'approche de la marmite d'eau chaude. Par quoi on commence ce genre de rendez-vous ?

— Il fait froid aujourd'hui.

Bien, Dakota, bien. Belle performance que cette entrée en matière. Est-ce que je dois te rappeler que tu n'es pas chez le coiffeur ?

Le serveur ne lui laisse pas le temps de me répondre. Ça vaut peut-être mieux. Il commande un cappuccino, et moi, un chocolat viennois.

— Ça paraît plus simple à la radio…, commence-t-il.

— Je ne te le fais pas dire.

— Je suis content que tu m'aies envoyé ce message. Pour tout te dire, je m'apprêtais à inventer un bobard pour obtenir ton numéro de téléphone.

— Ah oui ? je lui demande, sincèrement étonnée.

— Tu vas sans doute penser que je suis cinglé, mais j'ai le sentiment qu'il y a… quelque chose entre nous…

— La cinglée à t'avoir envoyé un message, c'est moi, alors…

La température de mes joues frôle le million de degrés. J'ai l'impression d'avoir le charisme d'une frange de serpillière. C'est pour ça que j'ai choisi la radio, parce que je ne vois pas les gens. J'ai l'impression de faire un bond dans le passé et de me retrouver sur l'estrade d'une salle de classe, mon exposé entre les mains, tentant de rassembler mon courage pour sortir ma phrase d'introduction.

Soudain c'est la voix de Victoria qui résonne dans ma tête : « Eh, Lesage, on n'a pas toute la vie, hein. Active un peu. »

Contre toute attente, je me mets à rire. Et l'incompréhension qui se dessine sur le visage de Sacha ne fait que renforcer mon hilarité. Je suis incapable de m'arrêter.

— Pardon, pardon… bredouillé-je entre deux hoquets.

— Celle-là, on ne me l'avait jamais faite, pour être honnête, dit-il avant d'être à son tour gagné par mon fou rire.

Je tente de retrouver mon calme, mais l'air décontenancé du serveur qui nous apporte nos boissons me fait repartir de plus belle. Ce n'est pas du tout comme ça que j'avais prévu les choses.

À quoi est-ce que je pensais ? Que je me transformerais en un coup de baguette magique en une femme sûre d'elle, experte en séduction ? Que je parviendrais à être un peu plus comme Victoria ? Je suis tellement loin d'avoir son assurance…

Je ris, mais au fond de moi, j'ai envie de pleurer. Je viens sans doute de tout gâcher avec Sacha. Jamais il ne voudra de cette femme hystérique qui se met à rire sans raison apparente. Il va boire son cappuccino d'une traite – quitte à s'en brûler la langue –, me souhaitera une bonne journée, puis me plantera là. Et je ne pourrai pas lui en vouloir.

Mais il ne s'en va pas. Au contraire. Alors qu'il s'est arrêté de rire, il pose sa main sur la mienne. Du bout des doigts, il caresse lentement ma peau. Une douce chaleur se répand dans tout mon avant-bras, jusqu'à provoquer un frisson. Je prie pour qu'il ne l'ait pas remarqué.

— J'espère que tu n'as rien de prévu dans les heures qui viennent. Parce que je compte bien profiter à fond de ce café avec toi. Par contre, il faut que tu rétablisses l'équilibre entre nous. Tu connais beaucoup de choses sur ma vie, mais moi, en revanche, je ne sais rien te concernant. Qui se cache derrière cette voix à la radio ?

Je ne ris plus. Grâce aux mouvements lents et apaisants de ses doigts sur ma main, ma nervosité s'est envolée. Alors je lui raconte. Mon enfance, la perte de mes parents, ma vie chez mes grands-parents, mon frère, mes études de psycho, ma découverte de la radio, le plaisir que je prends à venir en aide aux auditeurs, ma relation fusionnelle avec Mounette, ma peur panique de la perdre et de me retrouver de nouveau seule. Combien de temps est-ce que nous parlons ainsi ? Je n'en ai pas la moindre idée. Mais les tasses vides s'accumulent devant nous.

Tant et si bien que je n'entends pas mon téléphone sonner à plusieurs reprises, jusqu'à ce que Sacha me le fasse remarquer.

— Tu devrais répondre. C'est peut-être important ?

Plusieurs appels en absence en l'espace de cinq minutes. Un message laissé sur le répondeur il y a déjà plus d'une heure.

Je l'écoute. Et c'est le présent qui me rattrape.

Il est arrivé quelque chose à Mounette.

29
Victoria

Antoinette est entourée de deux vigiles, dont un qui lui tient fermement le bras.

— Madame, s'il vous plaît, je vous prie de bien vouloir nous suivre pour que nous puissions procéder à une simple vérification.

— Quelle vérification ? Je n'ai rien fait de mal ! Je vous demanderai de bien vouloir me lâcher ! crie-t-elle. Je ne suis pas une criminelle. Croyez bien que les choses ne vont pas en rester là, j'ai des relations ! Ma petite-fille travaille à la radio, je vais lui dire comment vous traitez les personnes âgées dans cette boutique, je suis certaine qu'elle n'hésitera pas à en parler pendant son émission.

Austin et moi nous approchons et, quand Antoinette nous aperçoit, je lis dans son regard tout autre chose que la colère qu'elle exprime à voix haute. J'y vois de la peur. De la panique même.

— Ah, mon chéri, peux-tu demander à ces messieurs de cesser de m'importuner ?

— Vous connaissez cette dame ? demande l'un des vigiles à Austin.

— Oui, il s'agit de ma grand-mère. Que se passe-t-il ?

— Pas ici, enchaîne le second vigile, tout en lâchant le bras d'Antoinette. Veuillez nous suivre, s'il vous plaît.

Le voyeurisme des gens me surprendra toujours. Il y a presque une dizaine de personnes attroupées autour de nous. Je comprends que les vigiles n'aient pas envie qu'il y en ait davantage.

— Je suis certaine que ce n'est rien, dis-je à Antoinette pour calmer le jeu. Nous allons les laisser s'expliquer et, quand tout sera rentré dans l'ordre, nous vous ramènerons à la maison et je vous battrai encore aux échecs si ça peut vous faire plaisir.

— Je n'ai rien fait de mal, je vous le jure, je n'ai rien fait de mal, répète-t-elle.

— J'en suis sûr, Mounette, ajoute Austin en prenant la main de sa grand-mère.

Nous emboîtons le pas des hommes de la sécurité à travers le magasin, puis entrons dans une pièce assez austère meublée d'un bureau, d'une table et de trois chaises. Plusieurs écrans diffusent les images provenant des caméras de surveillance.

— Asseyez-vous, nous ordonne l'un des types. Je vous demanderai de bien vouloir vider le contenu de vos poches et de votre sac à main, madame, demande-t-il à Antoinette.

Austin et moi l'y encourageons du regard. Qu'on en finisse.

— Puisque manifestement, je n'ai pas le choix..., soupire Antoinette. Mais sachez que je n'en resterai pas là.

Elle ouvre son sac à main et en étale le contenu sur la table : un portefeuille, un téléphone, un carnet, des stylos. Et plusieurs dizaines de petites cuillères avec leurs étiquettes de prix.

— Je... Je ne comprends pas. Quelqu'un a dû glisser ces petites cuillères dans mon sac à mon insu.

— Vos poches, demande le vigile d'une voix ferme, imperturbable, désignant du menton la doudoune d'Antoinette, accrochée au dossier de la chaise.

Antoinette s'exécute, avec bien plus de fébrilité cette fois, et une nouvelle dizaine de petites cuillères viennent s'ajouter aux premières.

Le vigile rapproche l'ensemble du butin et en prend une photographie, sans un mot.

— Est-ce que vous pouvez nous expliquer, s'emporte Austin. Ma grand-mère vous dit qu'elle ne sait pas comment ces cuillères sont arrivées là. Ça doit arriver que des individus malveillants fassent ce genre de choses, non ?

— Nos caméras de surveillance ont filmé votre grand-mère en train de les mettre dans son sac à main. Vous savez ce que cela signifie ? C'est un flagrant délit de vol.

— Ce n'est pas vrai ! crie Antoinette. Je ne ferais jamais ça. Je ne les trouve même pas jolies, ces cuillères. Si je devais voler quelque chose, croyez bien que je partirais sur de la bien meilleure qualité.

Avec l'air entendu de celui à qui on tente de faire avaler des couleuvres à longueur de journée, l'un des deux agents de sécurité ouvre un ordinateur portable, et en quelques clics, nous montre les images en question.

On y voit Antoinette qui déambule dans le magasin, sans but apparent, l'air hagard. Et soudain, elle s'arrête dans le rayon « Art de la table », attrape une poignée de cuillères, les range dans son sac, puis en prend une seconde, qu'elle glisse dans ses poches, cette fois-ci. Sans chercher à dissimuler son geste, sans regarder autour d'elle pour vérifier que personne ne l'a vue, à la suite de quoi on l'observe poursuivre son errance à travers la boutique.

— Quelque chose à ajouter ? demande l'un des vigiles à Antoinette, en la fixant du regard.

— Je…

— Est-ce qu'on peut vous parler en privé ? l'interrompt Austin. S'il vous plaît, insiste-t-il.

L'un des deux agents se lève et nous fait signe de le suivre.

— Ma grand-mère souffre de démence, commence Austin, une fois à l'extérieur du bureau.

— Ah oui ? C'est étonnant, c'est toujours la même excuse qui est utilisée. « Veuillez excuser ma mère/ma grand-mère/ma sœur, elle n'a pas toute sa tête », raille-t-il sur un ton qui a pour effet de me faire sortir de mes gonds.

— La bêtise fait partie des critères de recrutement ici ?

— Je ne crois pas que vous soyez en mesure de tenir ce genre de propos, rétorque-t-il en bombant le torse.

— Je vous retourne le compliment. Sauf erreur, je ne pense pas que vous ayez fait des études de neuropsychologie ? Ou alors, si c'est le cas, vous vous êtes contenté de vous asseoir sur les bancs de la faculté la première heure, avant de vous rendre compte que vous aviez des difficultés à ne serait-ce qu'écrire votre prénom… Cette dame a effectivement des absences, je peux en témoigner. Vous avez bien vu sur les images que son comportement n'était pas normal ?

— Ce que j'ai vu, c'est une femme glisser des cuillères dans son sac, avec l'intention manifeste de ne pas les payer. Ça s'appelle du vol.

— On ne va pas faire toute une histoire pour quelques euros ! Ma grand-mère n'a tué personne, que je sache.

— 48,50 euros. C'est le montant de la marchandise dérobée par votre grand-mère.

— Ouh là, 48,50 euros ! persifflé-je. Vous avez raison, on n'est pas loin d'une Al Capone à cheveux blancs. Écoutez, je vais vous faire un chèque de cinquante euros.

Vous garderez la monnaie pour acheter un cadeau de Noël à votre femme, dis-je en sortant mon chéquier de mon sac. Si la marchandise est payée, il n'y a plus de vol, si je ne m'abuse ?

Je remplis le chèque, le signe et le lui tends.

— C'est bon, nous pouvons partir ?

Il s'en saisit, l'œil mauvais, et s'écarte pour nous laisser réintégrer le bureau. Antoinette fait les cent pas, son téléphone dans la main. Elle a les yeux rougis de quelqu'un qui vient de pleurer.

— C'est bon, Antoinette, on y va. Tout est réglé.

Je l'aide à ranger ses affaires sans son sac à main, pendant qu'Austin ramasse les cuillères.

— Ne vous inquiétez pas, dis-je pour la rassurer, je les ai payées, nous pouvons repartir avec.

— Que va-t-on faire de ces horreurs ? Elles sont affreuses ! s'exclame-t-elle.

— Vous trouverez bien quelqu'un à qui les offrir.

— Oh, je sais ! Je vais les offrir à Lucienne ! Je suis certaine que ça ira parfaitement avec son intérieur, s'enthousiasme-t-elle soudain.

— Vous voyez ? Qu'est-ce que je vous disais. On a toujours besoin d'un cadeau moche de secours.

30
Dakota

Alors que je roule en direction de la maison, les mots et la détresse de Mounette tournent en boucle dans ma tête.

« … Je te jure que je n'ai rien fait, ma petite chérie, je ne comprends pas ce qu'il s'est passé… Ils me traitent comme si j'avais tué quelqu'un, mais je n'en veux même pas de leurs cuillères moches, moi… Je te promets que je n'ai rien fait, je ne sais pas comment elles sont arrivées là. Je voudrais qu'Austin et Victoria me ramènent à la maison. Est-ce que tu m'en veux ? Ne m'en veux pas, je t'en prie. Ce n'est pas ma faute, même si sur la vidéo je vois bien que c'est moi qui… »

Je ne comprends rien à son message. Pourquoi me parle-t-elle de cuillères ? Où est-elle ? Pourquoi demande-t-elle à ce qu'Austin et Victoria la ramènent à la maison ?

Sacha n'a pas protesté lorsque je lui ai dit que je devais absolument rentrer chez moi, qu'il y avait un problème avec ma grand-mère. J'étais si bien avec lui, j'aurais voulu que ça dure encore des heures. Il m'a embrassée pour me dire au revoir. C'était doux et sensuel à la fois. J'ai l'impression de m'être enfuie comme une voleuse, ce n'est pas comme ça que le rendez-vous aurait dû se terminer.

Je me gare à quelques dizaines de mètres de la maison, sans me préoccuper d'être bien alignée avec le trottoir comme à mon habitude. Je bondis hors de la voiture plus que je n'en sors, et me précipite chez moi.

— Mounette ? Mounette ? hélé-je à peine entrée.

Butch me saute dessus, et me fait la fête, l'arrière-train frétillant, comme s'il ne m'avait pas vue depuis des semaines. En temps normal, je prends le temps de le caresser et de le gratouiller entre les oreilles, mais là, j'en suis incapable.

— Elle dort, m'indique Austin en sortant de la cuisine pour venir à ma rencontre. Elle s'est écroulée comme une masse cinq minutes à peine après notre retour.

— Que s'est-il passé ? Elle a essayé de me joindre à plusieurs reprises avant de me laisser un message incompréhensible. Elle paraissait complètement paniquée.

— Rien de grave. Mais… Viens, je vais tout t'expliquer.

Il repart dans la cuisine, je lui emboîte le pas. Victoria est là, une tasse dans la main.

— Thé ? Café ? me propose mon frère.

— Je serais plutôt partie sur rhum ou vodka, mais va pour un thé citron, je lui réponds en m'asseyant. Alors, c'est quoi cette histoire ?

— Mounette a voulu aller au centre commercial pour faire des achats de Noël. À peine tu avais quitté la maison, qu'elle avait enfilé sa doudoune et sa grosse écharpe. Elle a insisté, alors… À un moment, elle a voulu faire une boutique toute seule, au motif qu'elle ne pouvait pas nous acheter nos cadeaux si nous restions dans ses pattes. Avec Victoria, on était juste en face, à la terrasse d'un café. Ça ne risquait rien. Mais apparemment, elle a dû faire une nouvelle crise. Les caméras de vidéosurveillance l'ont filmée en train de mettre des petites cuillères dans son sac à main et dans les poches de sa doudoune. Les vigiles du magasin lui ont sauté dessus alors qu'elle s'apprêtait à venir nous rejoindre. Elle n'avait aucun souvenir de l'incident et l'a découvert comme nous en visionnant les images.

— C'était donc ça les cuillères…, marmonné-je.

— Je sais que tu n'as pas envie de l'envisager, mais je crois que l'état de Mounette s'aggra…

— Pourquoi est-ce que vous l'avez emmenée dans un centre commercial ? je le coupe, sentant la colère monter. Hein ? Ça n'était pourtant pas compliqué, ce que je vous ai demandé ! Rester ici avec elle, jouer à un jeu ou regarder je ne sais quel film. Mais non, il a fallu que vous la fassiez sortir ! Ça l'a bouleversée de se voir sur ces images de vidéosurveillance. Elle pleurait au téléphone. Elle pleurait !

— Je te l'ai dit, elle a insisté et…

— Vous auriez dû dire non ! C'est votre faute, ce qu'il s'est produit cet après-midi. Avec moi, rien de tout cela ne serait arrivé.

— Sauf que tu n'étais pas là, intervient Victoria.

— Pardon ?

— Ce n'est pas un reproche, mais le fait est que tu n'étais pas là. Et qu'Antoinette tenait vraiment à cette sortie. Elle reste enfermée ici tous les jours, tu ne lui laisses aucune liberté. On peut la comprendre. Elle voulait juste faire ses achats de Noël.

— Je ne lui laisse aucune liberté ? Mais qui es-tu pour me juger ? Qu'est-ce que tu en sais de ce qui est bon pour ma grand-mère ? Tu as débarqué il y a trois jours à peine, et tu prétends savoir ce qui est le mieux pour elle ?

— Laisse tomber. Fais comme si je n'avais rien dit.

— Non, c'est trop facile ! Tu me balances tes jugements à la figure et je devrais les accepter sans rien dire ? Tu ne sais rien de nous, Victoria. Rien.

— Si tu réagis comme ça, c'est parce que, au fond de toi, tu sais que j'ai raison. Par contre, merci de ne pas t'en prendre à moi. Ce n'est pas ma faute si ta grand-mère a des troubles neurologiques. Je ne suis pas là pour te servir de punching-ball. Je n'ai pas signé pour ça. D'ailleurs, je n'ai rien signé, et c'est bien là tout le problème.

— De quoi est-ce que tu parles ? Je ne t'ai obligée à rien, que je sache, je t'ai même dit plusieurs fois que je pouvais me débrouiller seule. Donc, si tu veux partir, la porte est là. Nous n'avons pas besoin de toi.

— Si tu crois que c'est si facile, réplique-t-elle en se levant de sa chaise. Si le centre de réhabilitation ne m'y avait pas obligée, jamais je n'aurais mis les pieds dans cette maison, figure-toi. Je ne sais peut-être rien de vous, mais toi non plus, tu ne sais rien de moi. J'ai une agence à faire tourner, des responsabilités, des ambitions. Je ne peux pas me permettre d'échouer. La réussite, c'est ce qui conditionne toute ma vie. Sauf que je n'avais pas prévu de me faire renverser par un bus, d'atterrir dans une espèce d'antichambre du paradis bizarroïde et de devoir m'engager à me faire pardonner du prétendu mal que j'ai causé à quelqu'un pour pouvoir retourner sur Terre.

— Je crois qu'il n'y a pas que Mounette qui perd la tête, intervient Austin, sur le ton de la plaisanterie, ce qui n'empêche pas Victoria de le fusiller du regard.

— Je ne comprends rien à ton histoire. Que tu sois venue de toi-même, ou qu'on t'y ait obligée par je ne sais quel stratagème digne d'un film de seconde zone, je m'en fiche complètement. Plus rien ne te retient ici. Merci d'avoir tenu compagnie à ma grand-mère jusqu'à l'arrivée de mon frère. Pour une raison qui m'échappe, elle t'apprécie… Mais, tu ne me dois plus rien. Tu peux retourner à ta vie, à ton agence, et tout ce qui compte pour toi. Quant à nous, on va reprendre le cours de notre petite vie de famille, sans doute totalement dénuée d'intérêt à tes yeux, mais qui nous rend heureux. Est-ce que tu sais ce que c'est d'être heureuse, Victoria ? Je ne pense pas, et je te plains pour ça.

— Je n'en ai rien à faire de ta pitié, rétorque-t-elle, malgré tout un peu déstabilisée.

Aurais-je réussi à prendre le dessus sur la grande Victoria Delmas ? Je devrais m'en réjouir mais, étrangement, il n'en est rien.

Elle tourne les talons et quitte la pièce.

— Et joyeux Noël, ajouté-je à voix basse.

31
Victoria

Dans ma voiture, roulant bien plus vite que je ne le devrais, les mains crispées sur le volant au point qu'elles me font mal, je fulmine. Il ne m'a pas fallu longtemps pour rassembler mes affaires et ficher le camp de cette maison. Peu importe la menace que pourrait faire planer Guirty sur mon thorax, il n'est pas question que je remette les pieds ici.

De toute façon, Dakota a dit qu'elle me remerciait d'avoir tenu compagnie à sa grand-mère, je pense donc que l'on peut considérer que j'ai rempli ma part du marché.

— Vous m'entendez là-haut ? C'est bon, j'ai fait ce que vous attendiez de moi. J'exige donc que vous me rendiez ma liberté ! Vous m'entendez ? Je ne veux plus de douleurs ou de pseudo-crise cardiaque. Tout ça a assez duré.

Il n'est pas encore 14 heures, je serai à l'agence dans moins d'une demi-heure. Ce qui veut dire que, dans trente minutes à peine, toute cette histoire sera derrière moi et je redeviendrai Victoria Delmas, cheffe d'entreprise ambitieuse et déterminée. Je pourrai enfin me pencher sur le rapport d'activités de fin d'année et préparer la réunion du 27 décembre avec toute l'équipe.

Est-ce que je sais ce que c'est que d'être heureuse ? Quelle importance ? Ça n'intéresse personne, les gens heureux. On n'admire pas quelqu'un parce qu'il est épanoui. Non, on l'admire parce qu'il a réalisé de grandes choses, parce qu'il est parvenu à devenir quelqu'un qui compte dans son domaine. Le bonheur ne fait pas de vous une personne influente.

Antoinette dormait encore lorsque je suis partie. J'espère qu'elle ne m'en voudra pas trop… Elle voulait reprendre des forces pour nos parties d'échecs.

Mais pourquoi est-ce que je me préoccupe de cela ? Je me fiche de cette vieille dame et de ce qu'elle pourra bien penser ou ressentir en découvrant que je suis partie. Oui, je m'en fiche.

Je plonge la main dans mon sac à main pour attraper mon téléphone, appeler Lexie et la prévenir de mon retour au bureau. Mais ce sont les petites cuillères que j'en extirpe en premier. J'ai oublié de les laisser avant de partir.

Oh, mais après tout, je les ai payées, ces cuillères. J'ai le droit de les conserver, elles m'appartiennent.

Je repense à ce que j'ai dit à Antoinette : on a toujours besoin d'un cadeau moche de secours.

Encore faut-il avoir quelqu'un à qui l'offrir.

* * *

Lorsque je pénètre dans les locaux de VDAdvertising, je suis de nouveau en terrain connu. Chacun de mes collaborateurs est dans son bureau, au téléphone ou les yeux rivés sur son ordinateur. Je craignais que mon absence n'ait déclenché un chaos de laxisme, je suis satisfaite de constater qu'il n'en est rien. Le travail et encore le travail, il n'y a que cela qui nous fait avancer. Ils ont compris l'essentiel…

… Tant et si bien qu'aucun ne lève les yeux sur mon passage.

J'entre dans mon bureau, j'allume la lumière. Tout est impeccable et parfaitement à sa place. Je pose mon sac par terre, caresse le cuir du dossier de mon siège, avant de m'y asseoir.

Les odeurs, les objets, la luminosité, rien n'a changé. J'ai passé tant d'heures dans cette pièce que je serais capable de m'y déplacer les yeux fermés et de mettre la main sur n'importe quel dossier. Et pourtant, je ne saurais expliquer pourquoi, tout me paraît… différent. Plus terne. Comme s'il manquait quelque chose. Alors qu'il y a tout le nécessaire – ordinateur, papier, stylos…

Presque mal à l'aise, je me relève et décide d'aller voir Lexie pour lui annoncer de vive voix mon retour plutôt que par mail. Elle non plus ne m'a pas vue passer.

Je toque deux coups à sa porte, et elle lève les yeux de son écran.

— Oh, bonjour, Victoria ! Je ne t'attendais pas avant la fin d'après-midi. Ce n'est pas ce que tu m'avais dit ?

— Finalement, j'ai pu me libérer plus tôt. Et cette fois, je suis de retour pour de bon.

— Comment s'est passée ton… immersion ?

— Ces derniers jours ont été pour le moins étranges, c'est certain. C'était, disons, une expérience. Mais elle est terminée à présent, et tout va pouvoir rentrer dans l'ordre. Je suis ravie d'être de retour. De belles choses nous attendent, de très belles choses même, ajouté-je sur un ton moins assuré que je ne l'aurais voulu. D'ailleurs, à ce propos, tu es toujours prise ce soir ? Mon invitation à dîner tient toujours.

— Oui, je suis désolée. Avec mes horaires et tout le travail qu'il y a à faire – non pas que je m'en plaigne, s'empresse-t-elle d'ajouter, je sais que c'est ce qui permet la réussite d'une entreprise –, j'ai rarement l'occasion de voir mes amis. Ils ont tous menacé de me rayer de leur carnet d'adresses si je leur faisais une nouvelle fois faux bond.

— Ce sont des amis de longue date ?

— Oui… répond-elle après quelques instants, surprise par ma question. Pour la plupart, en tout cas. Des personnes rencontrées au lycée, voire même avant…

— Je vois. Alors, profite bien de ta soirée, Lexie. Je te dis à demain. Je te veux en pleine forme, sur le pont à 8 heures !

— Bien sûr, Victoria. Bon retour à l'agence.

* * *

La nuit est tombée depuis longtemps lorsque je réintègre mon appartement. Tout comme mon bureau à l'agence, je le retrouve tel que je l'ai laissé. Rien ne traîne. J'accroche mon manteau, puis pose mes clés et mon ordinateur portable sur le plan de travail de la cuisine. J'ai un peu froid. Pourtant le thermomètre affiche les 21 degrés habituels. Je dois être fatiguée, ce que je déteste au plus haut point.

J'ouvre mon réfrigérateur dans lequel toute une famille aurait la place de s'installer tant il est vide. Comment procèdent ceux qui ont un frigo plein ? C'est un mystère. Heureusement, nous vivons dans un monde moderne, dans lequel rien n'est plus simple que de sortir son téléphone et de passer une commande auprès de l'un des nombreux établissements proposant la livraison à domicile. J'ouvre la page de mon restaurant de sushis préféré, navigue entre les différents menus, avant de soudain changer d'avis et de me décider à commander une pizza. Une quatre fromages, avec supplément cheddar. Et j'ajoute à la dernière minute un pot de glace chocolat cookies à mon panier.

J'espère qu'elle sera aussi bonne que celle d'Antoinette. Je me demande ce qu'elle fait en ce moment. Et Austin…

Me rendant soudain compte que je déroge à ma règle consistant à ne jamais regarder en arrière, je m'empresse de chasser la famille Lesage de mes pensées.

J'allume la télévision. À cette heure-ci, tous les films sont commencés. Je fais défiler les chaînes, sans vraiment savoir ce que j'ai envie de regarder. Il y a beaucoup de films de Noël, les images sont saturées de vert, de rouge, de neige, de décorations… Je finis par m'arrêter sur un classique réconfortant, la rediffusion d'une émission sur BFM Business.

Je pense à Lexie, à la soirée qu'elle est en train de passer avec ses amis d'enfance. Elle ne m'avait jamais parlé d'eux. En même temps, ce n'est pas pour ça que je la paie, ni ce que j'attends d'elle. Pourquoi est-ce que je pense à ça ? Je n'en ai aucune idée.

J'attrape mon téléphone que j'avais posé sur la table basse, et fais défiler mes contacts. Parmi mes nombreuses connaissances professionnelles, je déniche quelques anciens camarades de promo. Mon doigt s'arrête sur le numéro de Magali et, je ne saurais trop dire pourquoi, j'appuie sur « Appeler ».

Nous avons fait nos études ensemble, c'était une acharnée du travail comme moi, avec un esprit de compétition presque aussi aiguisé que le mien. À nous deux nous faisions une équipe de choc, personne ne voulait tomber face à nous lors des duels de marketing. Nous voulions révolutionner le monde de la publicité, mettre au rebut toute la vieille garde masculine. Lorsque j'ai monté VDAdvertising, c'est donc tout naturellement que je lui avais proposé un poste.

— Allô Magali ? C'est moi, Victoria.

— Vic-toria ! Alors là, si je m'attendais…

— Oui, ça fait un bail. Comment va… Jason ?

— C'est Jonas. Et il va très bien, il aura deux ans dans quelques semaines. Pourquoi est-ce que tu m'appelles, Victoria ?

— Je me disais juste que ça faisait longtemps et que nous pourrions prendre un café à l'occasion ? Comme au bon vieux temps.

Mais pourquoi est-ce que je lui parle du bon vieux temps ? Je m'en fiche du bon vieux temps. S'il est vieux, par principe il ne m'intéresse pas. Mais qu'est-ce qui ne tourne pas rond chez moi ce soir ?

— « Prendre un café à l'occasion » ? Dois-je te rappeler comment tu m'as virée de VDAdvertising ? s'exclame-t-elle.

— Tu t'étais endormie à l'une de nos réunions stratégiques ! Pardon, mais tu aurais fait pareil à ma place. Tu sais comme moi que, dans ce métier, on ne peut pas garder des gens qui ne se donnent pas à 100 %.

— J'avais accouché six semaines plus tôt ! Alors oui, j'étais un peu fatiguée. Et, non, en ce qui me concerne, jamais je ne t'aurais virée.

— Magali…

— Bonne soirée, Victoria. Et rends-moi un service, efface mon numéro de téléphone, dit-elle avant de raccrocher.

J'observe quelques instants l'écran désormais noir de mon téléphone. *Eh bien, en voilà une qui aurait bien besoin de faire un petit tour par le centre de réhabilitation de Noël*, pensé-je.

J'ai à peine le temps de m'appesantir sur cet échange que la sonnette de ma porte d'entrée m'annonce l'arrivée de ma pizza.

Une bonne odeur de fromage fondu envahit mon appartement dès que j'ouvre la boîte. *C'est Antoinette qui a raison, rien de tel qu'une bonne pizza.*

Je m'en coupe une grosse part. Sur BFM Business, quatre experts de je-ne-sais-quoi sont en train de s'écharper à coups d'arguments contraires et de courbes économiques. Je coupe. Ça me gâche mon plaisir. En désespoir de cause, j'allume la radio. Moi qui n'ai jamais craint le silence, ce soir j'ai envie de bruit. Si jamais je revois les elfes maléfiques, je leur toucherai un mot à propos des effets secondaires de leur programme. Elles se sont bien gardées de les mentionner dans leur dépliant, les fourbes. Quand je pense que nous, publicitaires, on est astreints de faire apparaître tout un tas de mentions légales dans nos spots. « À consommer avec modération », « Dans la limite des stocks disponibles », « Offre soumise à conditions »... Certes, on les écrit en tout petit, ou on les fait défiler à toute vitesse, mais au moins, on les met, nous !

Je n'ai vu nulle part de mention « Ce programme peut gravement altérer votre personnalité ».

Soudain, la voix de Dakota emplit la pièce. Soit j'ai inconsciemment mis Radio Velours, soit c'est encore un coup des...

— On n'est plus chez soi ! hurlé-je à pleins poumons, avant de manger un énorme bout de pizza et d'éclater de rire.

Ça aussi, c'est nouveau.

... Comme vous le savez, c'est la dernière émission de l'année. Toute l'équipe va prendre quelques jours de vacances, afin de revenir en forme l'année prochaine ! Alors n'hésitez pas à nous appeler. Nous sommes ensemble jusqu'à 2 heures du matin. Ce soir, nous accueillons Isabelle. Bonsoir, Isabelle.

— *Bonsoir.*

— *Que puis-je faire pour vous, Isabelle ?*

À peine la question posée qu'on entend l'auditrice fondre en larmes. Ça commence bien…

— *Je vous appelle parce que je viens d'apprendre que l'une de mes meilleures amies était atteinte d'une grave maladie, et je ne sais pas quoi faire pour l'aider. J'ai l'impression de ne pas réussir à trouver les bons mots, d'être tout le temps à côté de la plaque. J'ai entendu dire que l'humour pouvait aider, alors j'essaie de faire quelques blagues, mais ça tombe toujours à plat. Et puis surtout, je viens d'apprendre une bonne nouvelle me concernant et je n'ose ni lui dire ni me réjouir tellement je me trouve égoïste.*

— *C'est une amie de longue date ?*

— *Oui. Près de vingt ans.*

— *Ça n'est jamais facile d'apprendre que quelqu'un qui nous est proche et qu'on aime est malade. C'est normal de se sentir démuni. Ça prouve qu'elle compte pour vous. Vous savez, le plus simple est souvent de dire ce que l'on ressent. Vous devriez lui expliquer que vous avez peur de mal faire, que vous ne savez pas quelle attitude adopter. Demandez-lui comment elle aimerait que vous vous comportiez. Et cette bonne nouvelle que vous avez apprise, vous pouvez nous en dire plus ou vous préférez ne pas vous étendre ?*

— *C'est… Je suis enceinte. De mon deuxième enfant. Après plusieurs années de tentatives infructueuses, de fausses couches, d'aide médicale, j'avais fini par perdre espoir. Il faut croire que ce que l'on dit est vrai, quand on renonce et que l'on pense à autre chose, la nature reprend ses droits.*

— *Votre amie, que sait-elle de ce parcours ?*

— *Tout. Elle aussi a eu des difficultés à avoir des enfants, alors on s'est toujours confié nos galères, les injections d'hormones qui nous faisaient grossir, le nombre incalculable de tests de grossesse revenus négatifs, nos courbes de température…*

— Imaginez un instant que les rôles soient inversés. Aimeriez-vous qu'elle vous parle de sa grossesse ?

— Oui, bien sûr que je voudrais qu'elle me le dise. Je me réjouirais pour elle.

— Il est fort probable qu'elle pense la même chose. Elle est malade, et c'est une situation douloureuse, mais la vie, votre vie, ne s'arrête pas là pour autant. Ni votre amitié. Surtout pas. Elle ne voudrait sans doute pas que son état vous empêche de célébrer cette bonne nouvelle. C'est comme ça, certains connaissent des bonheurs quand d'autres vivent des coups durs. En tout cas, elle a de la chance d'avoir une amie qui se soucie d'elle au point de réprimer sa propre joie.

— Elle le mérite. C'est une femme extraordinaire.

— Alors soyez sincère avec elle et restez vous-même. Elle n'attend certainement rien de plus de votre part.

— Merci, Dakota. Je vous souhaite de très belles fêtes de fin d'année.

— À vous également ! Vivez votre grossesse à fond surtout.

— Je ne fais que vomir du matin au soir, si c'est comme ça qu'on la vit à fond, alors je la vis à 1 000 %…

La pizza n'est plus qu'un lointain souvenir. J'attaque le pot de glace chocolat cookies.

J'ai envie de battre Antoinette aux échecs. De chanter à tue-tête accompagnée d'Austin à la guitare. De dire à Dakota… qu'elle est sacrément douée. Que bien sûr, c'est elle qui avait raison.

Et je ne sais pas quoi faire de ça.

VENDREDI 24 DÉCEMBRE

32

Victoria

J'arrive la première à l'agence, sur les coups de 7 h 30. Une bonne journée de travail, et tout rentrera dans l'ordre. J'ai besoin de me dépasser, de me concentrer sur mes objectifs. Parce que, même si je le voulais, le fait est que je ne sais pas vivre autrement.

En plus, me jeter à corps perdu dans le travail me permettra de ne pas penser au repas de ce soir. Je n'ai jamais une envie folle de passer le réveillon en compagnie de mes parents et de mes deux frères mais, cette année, mon enthousiasme se situe en dessous du niveau de la mer.

Sur le chemin de l'agence, tandis que j'observais les vitrines envahies de décorations et la réverbération des guirlandes lumineuses sur le reliquat de neige tombée en abondance ces derniers jours, je me suis demandé depuis quand j'avais cessé d'aimer Noël. Depuis quand je ne ressentais plus la magie de cette période de l'année. En remontant dans mes souvenirs, je me suis revue dans la cuisine, face à mon père, ma liste au Père Noël dans les mains. J'y avais consciencieusement collé des photos des jouets que j'avais découpées dans des catalogues reçus quelques semaines plus tôt dans la boîte aux lettres. Elle n'était pas très longue, moins de deux pages si ma mémoire est bonne, mais contenait ce qui me faisait vraiment envie. Je me souviens du temps que j'avais passé à sélectionner tel jeu plutôt que tel autre, pour ne pas trop en demander.

« Ce n'est plus de ton âge, les listes ! » m'avait répondu mon père en m'arrachant la feuille des mains avant de la mettre à la poubelle. Tu es grande à présent, Victoria. »

Est-ce qu'on est grande à sept ans ? Selon mon père, indéniablement.

Je n'ai plus fait de liste après ça. Pendant quelques années, je priais chaque soir pour recevoir les cadeaux dont j'avais vraiment envie. Et puis, j'ai cessé de prier. L'année où Spencer a annoncé ne plus croire au Père Noël, papa a décidé qu'il n'était plus nécessaire d'éterniser les festivités jusqu'au 25. Nous dînions, ouvrions nos cadeaux, et allions nous coucher. Le lendemain, maman enlevait toutes les décorations. Noël était terminé.

Je ne crois pas en avoir été malheureuse, ou en tout cas, je n'en avais pas conscience. C'était comme ça, tout simplement. Malgré cela, je n'ai jamais manqué de rien. Mon père m'a toujours encouragée dans la poursuite de mes études, ne me reprochant, par ailleurs, jamais le coût exorbitant de mon école de commerce. Il considérait toute dépense pour l'avenir et la réussite professionnelle comme un bon investissement.

Ce n'était juste pas le cas de Noël.

Je balaie ces pensées et me replonge dans mes dossiers. À quoi bon ressasser tout ça, de toute façon ? Le passé est le passé, seul l'avenir importe.

Vers 13 heures, les tiraillements de mon estomac me rappellent que je n'ai presque rien avalé au petit déjeuner. Je suis satisfaite du travail abattu. J'ai quasiment pu traiter tous mes mails en retard et j'ai réussi à planifier mon mois de janvier. D'habitude, rien ne me procure plus de satisfaction que de voir mon planning du mois suivant se remplir de réunions, de rendez-vous et autres *deadlines* clients. C'est comme une décharge de vie, une promesse de mouvement, de perspectives.

Mais aujourd'hui, c'était juste… du travail.

Lexie est toujours dans son bureau, en discussion avec Sandrine. Je ferme mon ordinateur, enfile mon manteau et me dirige vers elle pour l'inviter à déjeuner.

— Lexie ?

— Contente que tu sois de retour, Victoria, me dit Sandrine. Lexie, on part dans cinq minutes, c'est bon pour toi ? demande-t-elle à mon assistante avant de quitter la pièce.

— Oui, oui, je vous rejoins, réponds Lexie en fermant à son tour son ordinateur. Oui, Victoria ? J'ai bien vu tes mails de tout à l'heure concernant Champers. Je m'occupe de t'envoyer les récaps que tu m'as demandés dès mon retour.

— Vous déjeunez tous ensemble ce midi ?

Lexie semble mal à l'aise.

— Comme tu n'étais pas favorable à ce que l'on fête Noël au bureau – et tout le monde a très bien compris pourquoi, rassure-toi –, ajoute-t-elle à toute vitesse, nous avons réservé un petit restau, pas loin de l'agence, histoire d'organiser un petit quelque chose entre nous. Mais ne t'inquiète pas, nous serons de retour d'ici 14 h 30 au plus tard, m'indique-t-elle alors qu'elle enfile son manteau, enroule son écharpe autour du cou et ramasse par terre un *tote bag* publicitaire semblant contenir un paquet-cadeau. Tu voulais me demander quelque chose, peut-être ?

— Non… Non, rien. Juste te prévenir que je sortais déjeuner. Amusez-vous bien. Et si vous êtes de retour seulement pour 15 heures… ça ira aussi, ajouté-je.

Si elle semble surprise par ma remarque, elle ne m'en dit rien.

— Tu... tu veux venir avec nous ? Je pense que c'est tout à fait faisable, on se serrera au besoin.

L'espace d'un instant, j'hésite. Et puis...

— Non, non, j'ai du boulot, je vais juste m'acheter un sandwich à la boulangerie d'à côté, et je reviens au bureau. Ce sera pour l'année prochaine.

Lexie ne demande pas son reste et rejoint les autres qui l'attendent dans le hall de l'agence, sans doute inquiets à l'idée que je la réquisitionne pour une tâche urgente. Je les observe et devine que chacun d'eux apporte un cadeau au restaurant. Sans doute ont-ils profité de mes quelques jours d'absence pour organiser un Père Noël secret.

J'attends qu'ils soient tous partis pour repartir vers mon bureau. J'enlève mon manteau et rouvre mon ordinateur et, sur une impulsion, je commence à rédiger un mail.

De : Victoria DELMAS <victoria@VDAdvertising.com>
Envoyé : vendredi 24 décembre 2021 13 h 15
À : @VDAdvertising
Objet : Fermeture agence – Congés de fin d'année

Bonjour à tous,
Après réflexion, j'ai décidé de fermer l'agence jusqu'au 1er janvier inclus. Nous avons beaucoup travaillé cette année et nous méritons tous quelques jours pour nous reposer, ou passer du temps avec nos proches. En conséquence, la journée de travail initialement prévue le 27 est annulée. Je vous attends tous en pleine forme le 2 janvier. Je vous l'annonce dès à présent, l'année 2022 sera riche en nouveautés. Je souhaite que nous réfléchissions ensemble à un élargissement de notre positionnement sur le marché,

en ouvrant une branche communication en santé publique. Je vous en parlerai plus en détail lors de notre réunion mensuelle.
Je vous souhaite de joyeuses fêtes de fin d'année.
V.

Je relis le texte que je viens d'écrire sans trop y réfléchir, corrige quelques fautes de frappe, hésite quelques secondes, puis clique sur « Envoyer ».

Pour la deuxième fois en l'espace de dix minutes, je referme mon ordinateur, enfile mon manteau, éteins la lumière de mon bureau dont je ferme la porte, et quitte les locaux de VDAdvertising. Cette fois-ci, de mon plein gré.

Un après-midi de shopping m'attend.

* * *

Il est 19 heures pile lorsque je sonne à la porte de chez mes parents, un bras chargé de paquets et l'autre encombré d'un très gros bouquet de fleurs.

— Victoria, ma chérie, entre, entre, m'accueille ma mère tout sourires, dans une longue robe noire toute simple, mais qui souligne la finesse de sa taille. Tu es la première à arriver. Thomas et Spencer ont dû être retenus au travail. Tu sais ce que c'est.

Oui, hélas.

Je lui tends mon bouquet qu'elle accepte avec une émotion non feinte.

— Il ne fallait pas ! Il est absolument magnifique.

— Je me suis dit que ça te ferait plaisir.

— Je vais me dépêcher de le mettre dans l'eau. Ton père est au salon. Je te laisse, il faut que je surveille la cuisson des feuilletés au saumon.

Elle s'éclipse pendant que j'enlève mon manteau que j'accroche dans le placard de l'entrée, où il y a toujours de la place pour accueillir les vêtements des invités.

Mon père est bien dans le salon, assis dans son fauteuil club, une coupe de champagne dans les mains, en costume cravate. D'aussi loin que je me souvienne, je ne l'ai jamais vu habillé autrement.

— Bonsoir, ma fille ! Je te sers une coupe ? me demande-t-il alors qu'il est déjà en train d'en remplir une qu'il me tend aussitôt. Alors, dis-moi, comment va le monde trépident de la publicité ? De gros contrats en perspective ? L'autre jour, je discutais avec un ami de l'éventualité d'introduire ton agence en Bourse. Ce serait un formidable tremplin, un moyen d'accentuer ta présence sur le marché. Qu'en penses-tu ? Tiens, voilà sa carte, me dit-il en me tendant le morceau de carton qu'il avait dû préparer à mon intention. Il est très pris, mais il fera une exception pour te recevoir. Ne tarde pas à l'appeler.

— Merci, papa. J'y réfléchirai.

— Il n'y a pas à réfléchir, seulement à décider. Les gens qui passent leur temps à peser le pour et le contre ne savent pas ce qu'ils veulent. Toi, tu es ma fille, donc tu sais ce que tu veux. Hubert est très compétent, tu verras.

Je n'ai pas l'occasion d'ajouter quoi que ce soit, doublée par la sonnette de l'entrée.

— Henri, tu peux aller ouvrir ? l'apostrophe ma mère depuis la cuisine. Je suis en train de me battre avec la découpe de la dinde.

Mon père lève les yeux au ciel.

— Oui, au final, elle a absolument tenu à faire une dinde. Je lui ai dit que du poisson, ce serait parfait, mais tu connais ta mère… C'est bon, j'y vais, lui répond-il.

Non, justement, je ne la connais pas, pensé-je aussitôt. À quand remonte la dernière fois que nous avons vraiment échangé toutes les deux ?

Thomas et Spencer me rejoignent dans le salon.

— Déjà là, Victoria ? En même temps, tu peux te le permettre, tu n'as pas la vie de gens entre les mains, toi, raille Thomas.

Il a toujours été très fier de son métier de neurochirurgien, qu'il considère supérieur en tout point aux professions des autres membres de la famille.

— Nous discutions avec ta sœur de la prochaine introduction en Bourse de son agence, enchaîne mon père. Ça n'équivaut peut-être pas à ouvrir la boîte crânienne des gens, mais ce serait tout de même une belle réussite.

— Si tu cherches un avocat, me glisse aussi sec Spencer, tu as mon mail. Je devrais pouvoir te caser entre deux rendez-vous.

— Vous ne pouvez pas vous empêcher de parler boulot, même un 24 décembre ! s'exclame ma mère en nous rejoignant dans le salon, les bras chargés d'un énorme plat recouvert de petits-fours.

— Le travail, il n'y a que ça de vrai, tu le sais bien, chérie, réplique mon père. Que serions-nous sans lui ?

Plus heureux ?

Je suis la première surprise de cette réflexion.

Et pourtant, c'est ce qui m'est tout de suite venu à l'esprit.

33
Dakota

Depuis que Mounette est levée, la maison résonne de chants de Noël. C'est une tradition, mise en place il y a des années, et à laquelle nous ne dérogerions pour rien au monde. Depuis que Papou est décédé, Noël s'écrit à trois, et il n'a jamais été question de faire autrement. C'est notre moment à nous. Et il est fait de rituels aussi désuets qu'importants à nos yeux.

Après les chants de Noël, on s'attaque aux sablés – on en prépare des dizaines que l'on conserve ensuite dans des boîtes hermétiques pour pouvoir les grignoter tout au long du mois de janvier. Puis vient le repas du réveillon auquel on s'attelle dès le début d'après-midi. Étant donné que notre mère nourrissait une passion pour les États-Unis – Dakota et Austin, ça ne s'invente pas –, nous lui faisons honneur en cuisinant des plats typiques d'un Noël américain : dinde farcie, gratin de patate douce avec sauce aux canneberges, jambon rôti au miel, tarte aux noix de pécan. Il y en a toujours pour un régiment, mais qu'importe.

Chez nous, pas de tenues de soirée, mais le même pyjama confortable pour tous. Au fil des années et de nos poussées de croissance respectives, il est devenu plus compliqué de trouver un modèle dans lequel chacun puisse trouver sa taille.

Mais on tient bon. Cette année, le pyjama retenu est plutôt traditionnel : rouge avec des motifs sapins blancs.

Après le repas, nous regardons des films. Pas ceux auxquels on pourrait s'attendre, mais des films catastrophe, avec des tremblements de terre ou des éruptions volcaniques. Rien que pour le plaisir de les visionner, le ventre plein, dans un pyjama douillet, entourés du halo des guirlandes du sapin.

L'ouverture des cadeaux n'a pas changé, elle non plus. Elle se fait le 25 décembre, dans la chambre de Mounette. Nous sommes désormais un peu à l'étroit sur son lit. Mais là encore, pour rien au monde nous ne nous priverions de ses éclats de rire à nous voir débarquer dans sa chambre, les bras chargés de tous les cadeaux récupérés au pied du sapin.

À l'idée que peut-être nous faisons tout ça pour la dernière fois, je dois me retenir de ne pas éclater en sanglots.

Nous n'avons pas reparlé de l'incident d'hier. Après une sieste réparatrice, Mounette a fait comme si de rien n'était. Mais cette fois-ci, les choses sont différentes, cette fois-ci, elle a vu les images, et d'après ce que m'a raconté Austin, elles étaient plutôt effrayantes. Se voir déambuler dans les rayons pendant plusieurs minutes, le regard vide d'expression, avant de dérober des petites cuillères ne peut que l'avoir perturbée.

— C'est dommage que Victoria ne soit pas avec nous ce soir, nous dit soudain Mounette entre deux morceaux de jambon rôti.

Ça l'a attristée d'apprendre son départ, hier. Je lui ai répété ce qu'elle nous avait appris, à savoir qu'elle n'en avait en fait rien à fiche de nous, qu'elle obéissait uniquement à je ne sais quelle contrainte issue de son cerveau détraqué, mais cela ne lui a fait aucun effet. Elle appréciait vraiment Victoria.

— Mais… Mounette… Noël, c'est notre moment à tous les trois. Tu sais bien…

— Oui. Mais ce ne sera pas toujours le cas, mes chéris.

— Ne dis pas de bêtise, je l'interromps, refusant catégoriquement de discuter pendant le repas du réveillon de sa situation mentale.

— Ce ne sont pas des bêtises. L'année prochaine tu auras envie de le passer avec ton Sacha, en tout cas je te le souhaite. Et Austin, peut-être que lui aussi se dégotera bientôt une gentille fille à qui il voudra offrir notre pyjama de famille ? Quant à moi… commence-t-elle avant de s'interrompre. Bref, nous aurions pu commencer cette année avec Victoria.

Elle non plus, visiblement, n'a pas envie de mettre le sujet de sa santé mentale sur la table ce soir.

— Victoria a une famille, Mounette.

— Alors là, pour ce que je sais de sa famille, crois-moi qu'elle serait bien mieux avec nous ! Tu veux bien me passer un peu de gratin de patates douces, ma chérie, s'il te plaît ?

34

Victoria

L'apéritif ne s'est pas éternisé, à peine le temps de boire une coupe de champagne et d'avaler deux ou trois petits-fours, qu'à 19 h 45, nous sommes déjà assis autour de la table de la salle à manger. Si ma mère a sorti la vaisselle des grandes occasions – à savoir le service qu'elle a reçu en cadeau de mariage –, il n'y a en revanche aucun élément de décoration rappelant que nous sommes la veille de Noël.

— Ta dinde est délicieuse, maman.

— Merci, ma chérie.

— Oui, et grâce à des personnes comme ta mère, les chirurgiens n'ont pas fini de déboucher des artères pleines de cholestérol ! s'exclame mon père.

— Pour une fois dans l'année, tu peux faire une exception quand même, lui rétorque ma mère. Dès demain, je te cuisine du poisson en papillote.

— Il n'y a rien de meilleur que le poisson[1]. Ça permet d'avoir un cerveau en bon état de marche.

En tout cas, on ne pourra pas accuser cette famille d'avoir participé au génocide bovin.

Le bipeur de Thomas se met alors à sonner.

---

1. Si, le gras…

— J'aurais adoré terminer le repas avec vous, mais le devoir m'appelle.

— Prends le temps de terminer ta dinde et de manger une petite part de bûche ! insiste ma mère. Tu n'es pas à cinq minutes près, si ?

— Notre fils est neurochirurgien, je te rappelle, chérie, donc évidemment qu'il est à cinq minutes près, En cinq minutes, ses patients ont le temps de mourir vingt fois ! N'écoute pas ta mère, mon fils, file à l'hôpital.

— Mais, et les cadeaux ?

Oui, je suis bien celle qui vient de prononcer cette phrase à voix haute. Mais il faut me comprendre, je viens de passer près de quatre heures à arpenter les magasins pour essayer d'offrir à mes frères autre chose que le cadeau impersonnellement choisi par Lexie. J'étais très fière d'avoir trouvé un porte-clés en forme de cerveau pour Thomas. Fière, et un peu écœurée aussi. Ce porte-clés, il fait pouic-pouic quand on appuie dessus.

— Tu n'auras qu'à l'envoyer à ma secrétaire, me répond-il.

— Je crois que je vais vous abandonner également, indique Spencer. J'ai une très grosse audience lundi et je dois encore passer en revue un certain nombre de pièces.

— Une audience ? Le 27 décembre ? l'interrogé-je, sceptique.

— La délinquance financière ne connaît pas de trêve, même à Noël. Thomas et moi travaillons pour de vraies personnes, pas pour des marques de bonbons à la menthe…

Je regarde mon père se lever afin de raccompagner ses deux fils à la porte, sans même chercher à les retenir.

— Tu as le temps de prendre une petite part de bûche avec nous, Victoria ? me demande ma mère.

Je ne saurais dire ce qu'elle ressent en cet instant. Derrière son maquillage sophistiqué, son visage ne laisse rien paraître.

— Bien sûr, maman, avec plaisir.

Il est 20 h 30…

35
Dakota

— Ah, non, pas le chien ! C'est interdit de faire mourir un chien dans un film ! m'écrié-je.

Butch aboie pour me manifester son soutien.

Il est près de minuit et nous nous sommes traînés jusqu'au canapé, nos estomacs pleins diminuant quelque peu notre tonus. C'est à Austin qu'est revenu le choix du premier film, une histoire de tremblement de terre à l'origine d'une gigantesque avalanche engloutissant toute une ville construite dans une vallée en contrebas.

— Arrête, Dakodac, tu sais bien qu'à la dernière seconde, le chien va réussir à s'en sortir. Qu'est-ce que tu crois ? les scénaristes sont bien au courant : ils peuvent tuer des tas de gens, décimer une population tout entière, mais jamais au grand jamais ils n'iront jusqu'à faire mourir un animal[1]...

Bien entendu, c'est lui qui a raison. À la dernière seconde, le chien finit par sauver ses pattes. C'est bon, ils peuvent ensevelir tous les habitants maintenant.

Mounette somnole à côté de moi, ma main – qu'elle a attrapée dès le début du film – dans la sienne.

1. Encore heureux ! C'est interdit par la loi des films catastrophe !

— J'ai un petit creux, annonce Austin. Voir tous ces gens courir pour échapper à la neige, ça m'a donné faim !

— Sérieux ? Après tout ce qu'on a mangé ce soir ?

— Eh oui. Que veux-tu, je suis en pleine croissance, tente-t-il de se justifier en se levant du canapé.

— Tu me rapportes une petite part de tarte ? demandé-je au bout d'une minute.

Moi aussi je suis en pleine croissance.

36

Victoria

Je crois que c'était le plus court de tous les repas de réveillon jamais passés chez mes parents.

Arrivée à 19 heures, repartie à 21 h 30 et couchée à 22 h 30, c'est ce que j'appelle une soirée… minable. Il n'y a pas d'autres mots.

Le pire, c'est que cela n'aura sans doute choqué personne chez les Delmas. Et que, il y a encore quelques jours, j'aurais moi-même trouvé cela parfaitement normal. J'aurais envié mes frères de pouvoir se libérer plus tôt de cette obligation familiale et me serais réjouie de disposer d'un peu de temps pour travailler avant d'aller me coucher.

Allongée dans mon lit, dans le silence de mon appartement – uniquement rompu par les pouic-pouic du porte-clés cerveau que j'ai déballé –, je peine à trouver le sommeil.

Je me demande bien comment je vais recevoir mon certificat de réhabilitation. La *deadline* n'est pas encore échue mais j'aurais apprécié recevoir une quelconque notification de réussite.

— Hey, là-haut ? Le modernisme, ça vous dit quelque chose ? je demande à voix haute. Est-ce que je dois m'attendre à ce que mon certificat me soit livré par un des rennes du Père Noël et à voir débarquer Macintosh ou Belzébuth chez moi de bon matin ? Si c'est votre intention, surtout ne prenez pas cette peine. Un texto fera tout aussi bien l'affaire. Et ce sera nettement plus écologique que de m'envoyer une bestiole à pattes et à cornes.

En parlant de texto, j'ai soudain envie d'en envoyer un à ma mère. Les soirs de réveillon étant jusqu'à présent le cadet de mes préoccupations, jamais je ne m'étais inquiétée de son ressenti. De son côté, elle ne m'en a jamais parlé non plus. Elle ne me parle de rien, cela dit. Nos échanges se limitent aux « Joyeux anniversaire » et « Bonne fête, maman » de convenance…

J'attrape mon portable et, sur une impulsion, rédige un message et le lui envoie.

Je te souhaite un joyeux Noël, maman. Cette année encore, ton dîner était délicieux. On se boit un petit café prochainement ? Ça me ferait plaisir.

V.

SAMEDI 25 DÉCEMBRE

37
Dakota

— Dakodac ?

— Mmmmmh…

— Tu dors ?

— Oui, et tu devrais en faire autant. Il est à peine 6 heures du matin.

— Tu plaisantes ? Il est 10 heures passées.

— 10 heures ? m'exclamé-je en me redressant soudain. Mais pourquoi est-ce que tu m'as laissée dormir si longtemps ?

— Parce que avec ta bouche ouverte et ton petit filet de bave sur l'oreiller, tu étais la grâce incarnée. Je n'ai pas eu le cœur de te réveiller. En revanche, j'ai pris plusieurs photos de toi que je serai ravi de montrer à ton beau Sacha quand tu nous le présenteras !

— Tu n'oserais pas ?

— À quoi je servirais sinon ? réplique-t-il en s'asseyant sur le rebord de mon lit. Parlons peu, mais parlons bien, quand est-ce que je le vois pour lui faire mon discours de grand frère protecteur ?

— Petit frère…

— Ça fait des années que je te dépasse de deux bonnes têtes, je pense que ça a plus de valeur que les quelques mois qui nous séparent. Quoi que tu en dises, tu seras toujours ma petite sœur, ajoute-t-il.

— Comme tu essaies de m'endormir ! dis-je en riant, au bout de quelques secondes. Tout ça pour que je baisse ma garde. Mais ne compte pas là-dessus, Austin Lesage !

Je lui balance mon oreiller avant de bondir hors de mon lit, en criant : « Le dernier au pied du sapin a un gage ! »

Les années passent, l'heure du réveil est plus tardive, le dévalement d'escalier plus prudent – à cause de l'ostéoporose et tout ça –, mais le plaisir reste le même. Et le vainqueur, indétrônable.

— J'ai gagné ! hurlé-je en sautant de joie une fois dans le salon.

— Rien que pour te voir sauter partout, ça vaut le coup de faire exprès de perdre.

— Mauvais joueur.

Avant d'aller nous coucher, nous avons chacun déposé nos cadeaux respectifs au pied du sapin. Ça non plus, ça n'a pas changé.

Il y a des dizaines et des dizaines de paquets. Avec le temps, nous n'avons plus besoin de grand-chose, alors on s'offre des tas de bricoles, chacun rivalisant d'ingéniosité pour offrir des choses aussi inutiles qu'improbables. Quand elles peuvent être ridicules, c'est encore mieux.

J'attrape plusieurs paquets, Austin m'emboîte le pas et nous frappons doucement à la porte de la chambre de notre grand-mère. Depuis qu'elle a failli faire une crise cardiaque à nous voir sauter sans crier gare sur son lit, nous prenons quelques précautions.

— Entrez !

Elle est assise dans son lit, son pyjama de Noël sur le dos, et un grand sourire aux lèvres.

— Je me demande bien ce que le Père Noël nous a apporté cette année !

Nous déposons notre premier chargement, avant d'effectuer quelques allers-retours pour rapatrier l'intégralité de la hotte Lesage pour 2021. Nous tenons difficilement sur le lit, entourés de tous ces paquets, mais qu'importe, le jour où l'un de nous devra déballer ses paquets ailleurs que sur la couette de Mounette n'est pas encore venu.

— Formidable, des chaussettes à doigts ! J'en rêvais ! s'exclame Austin. Et alors, rose fluo, c'est encore mieux !

— J'ai hésité avec des bleues, mais je me suis dit que rose, ça t'irait mieux au teint. À moi de te dire merci pour cette saucisse musicale qui sera du plus bel effet sur mon bureau à la radio.

Cela nous prend une bonne heure pour ouvrir tous les cadeaux. Chacun de nous prend son temps, parce qu'une fois le déballage terminé, ça sonnera la fin de Noël.

Et que peut-être… Non. Je refuse ne serait-ce que d'y penser.

Mounette est très heureuse de son collier clitoris, que je ne suis pas peu fière de lui avoir déniché. Elle s'est empressée de le mettre autour du cou et nous a même gratifiés d'un petit défilé pour lui faire honneur.

— J'ai… une dernière chose à vous donner, nous dit-elle, une fois sa parade terminée.

Elle se dirige vers le tiroir de sa commode duquel elle extrait plusieurs feuilles de papier qu'elle nous tend à Austin et à moi.

— J'ai fait quelques recherches, hier…

— Il n'en est pas question ! je crie, dès que je comprends de quoi il s'agit.

— Dakota, ma chérie…

— Tu n'iras pas dans ce genre d'endroit, répliqué-je en éloignant les feuilles aussi loin de moi que possible. Je peux très bien continuer à m'occuper de toi.

— À quel prix ? s'exclame Mounette en haussant le ton. Tu es prête à gâcher ta vie, c'est ça ?

— Je ne considère pas que je gâche ma vie lorsque je reste avec ma grand-mère, qui a besoin de moi. Fin de la discussion.

— Oh, ma chérie… Je sais que tu veux bien faire, et sache que ça me va droit au cœur, mais je refuse d'être un poids.

— Tu n'es…

— Laisse-moi terminer, s'il te plaît. Ce que j'ai vu, hier… Les images de la caméra de vidéosurveillance… Je… J'ai été choquée. Je sentais bien que quelque chose ne tournait pas rond chez moi, mais c'était diffus, des bribes de sensations, de souvenirs qui s'estompaient aussitôt que j'essayais de les analyser. Mais hier… je me suis vue. Et, tant que j'ai le choix, tant que je suis encore capable de décider librement de mon avenir, je veux pouvoir le faire. J'ai beau mieux m'y connaître en problèmes vaginaux qu'en troubles neurologiques, je sais comment les choses vont évoluer. Je sais qu'à un moment – peut-être pas tout de suite, mais dans quelques semaines, quelques mois –, je ne pourrai plus contrôler quoi que ce soit. Je ne pourrai plus rien décider. Alors, tant que j'en suis encore capable, je prends cette décision. Je vais aller vivre dans une institution, et ils s'occuperont très bien de moi.

— Mounette…

Mes joues sont inondées de larmes. Notre grand-mère, c'est la seule famille qu'il nous reste à Austin et moi. Sans elle, jamais nous n'aurions tenu le coup. Alors, comment pourrais-je accepter de ne pas m'occuper d'elle jusqu'au bout ?

— Dakota, ma chérie, viens là, me dit-elle avant de me prendre dans ses bras. Je sais combien tout ça est difficile pour toi, mais tu dois accepter ma décision. Parce qu'elle est mûrement réfléchie. Toi et ton frère êtes ce que j'ai de plus cher au monde, tu le sais. Il y a des années, je me suis fait une promesse, celle d'être toujours là pour vous. Je suis désolée de ne pas pouvoir la tenir…

— Ne dis pas n'importe quoi ! Tu l'as tenue de mille et une manières. C'est pour ça que c'est à notre tour de…

— De vivre vos vies. Pleinement. Si vous voulez me remercier, faites cela pour moi. Lance-toi à fond avec ton Sacha ! Peut-être que ça ne marchera pas, et que je serai obligée de fabriquer une poupée vaudoue à son effigie. Mais, ça pourrait aussi être l'homme de ta vie. Je refuse d'être un fardeau.

Elle semble déterminée. Et je la connais trop bien pour savoir que j'ai à peu près autant de chances de la faire changer d'avis que d'être élue présidente de la République.

— Mais… comment est-ce que je vais faire sans toi ? demandé-je en sanglotant de plus belle.

— Tu t'en sortiras très bien. Et puis, je ne suis pas encore morte ! Les Antoinette sont des dures à cuire[1]. Si tu penses que je vais te laisser avant de connaître les détails croustillants de ton histoire avec Sacha, tu te mets le doigt dans l'œil.

— Mounette…, je ne peux m'empêcher de répondre avec un demi-sourire.

— Je suis peut-être vieille, mais je suis aussi une experte du plaisir féminin ! Quand tu viendras me rendre visite, je te donnerai deux ou trois petits conseils.

---

1. Mais les Marie-Antoinette…

Austin éclate de rire, et sans trop savoir pourquoi, je l'imite. Cette discussion me paraît invraisemblable. Il y a une demi-heure à peine nous ouvrions les cadeaux de Noël, et maintenant, nous nous apprêtons à laisser Mounette partir en institution.

— J'ai une faim de loup ! Je pourrais engloutir un kilo de pancakes, s'écrie soudain Austin.

Il a toujours eu une capacité incroyable à détourner l'attention des gens, et notamment la mienne.

— Tu ne penses vraiment qu'à manger ! On dirait un ventre sur pattes.

— Que je sache, ce n'est pas MON estomac qui émet des bruits plus que douteux depuis une bonne quinzaine de minutes. MON estomac sait se tenir, lui.

Un gargouillis sonore se fait alors entendre.

— Butch ! Un peu de tenue, voyons ! m'exclamé-je aussitôt.

Notre dalmatien, surpris par cette attaque aussi injustifiée que basse, regarde de tous les côtés.

— S'en prendre à un pauvre chien sans défense ne t'honore pas, la sœur.

J'éclate de rire. Nous sommes le matin de Noël, Mounette est encore avec nous. Je ne veux garder que de bons souvenirs de cette journée, que ma grand-mère finira inexorablement par oublier. Alors, je la garderai en mémoire pour elle.

Je commence à ramasser les papiers déchirés qui jonchent le sol de la chambre de Mounette, quand la sonnette de l'entrée retentit.

Qui cela peut-il bien être un 25 décembre ?

— Ne me dis pas que tu as invité Sacha ? demandé-je à Austin.

— Sur ce coup-là, je plaide non coupable, se défend-il. J'en avais très envie, mais je n'ai pas eu le cran d'affronter ta fureur texane.

Sceptique et les bras chargés de papiers déchirés, je sors de la chambre pour aller ouvrir.

— Victoria ?

38

Victoria

— Joyeux Noël, Dakota.

À sa mine surprise, je devine que je suis la dernière personne qu'elle s'attendait à voir derrière la porte.

— Est-ce que je peux entrer ? Je ne vous dérangerai pas longtemps, ajouté-je aussitôt, anticipant son refus.

— Qui est-ce, ma chérie ? s'enquiert Antoinette depuis sa chambre.

— C'est… Victoria.

— Victoria ! s'écrie-t-elle tout en nous rejoignant. Je suis heureuse de vous voir. Entrez, entrez ! Je savais que vous n'étiez pas une mauvaise personne. Je me trompe rarement sur les gens, vous savez.

— Je ne vous dérangerai pas longtemps, réitéré-je. Je voulais juste vous donner… quelques petites choses.

— Vous ne nous dérangez pas du tout ! Vous allez déjeuner avec nous ! On a toujours des tonnes de restes, le lendemain du réveillon. Vous n'avez rien d'autre de prévu, si ?

— Non…

— C'est bien ce que je pensais. Alors, vous restez avec nous. Je vais bientôt partir chez les vieux, donc il faut que vous m'appreniez deux ou trois trucs aux échecs, que je puisse me faire respecter dès mon arrivée.

De quoi parle-t-elle ?

J'interroge Dakota du regard, mais je ne parviens pas à capter ses yeux. J'emboîte donc le pas à Antoinette et la suis dans la cuisine.

— Nous nous apprêtions à bruncher, m'indique-t-elle. Vous avez faim, j'espère ?

Les bonnes odeurs, à la fois familières et rassurantes, réveillent aussitôt mon appétit. Bien entendu, Austin est là, lui aussi.

— Delmas ! Alors, ça pour une surprise ! Tu es bien la dernière personne que je m'attendais à voir aujourd'hui.

Je perçois le sarcasme dans la voix, mais son regard brille de tout autre chose. Je ne détourne pas les yeux mais, pour la première fois de ma vie, je rougis. Comme une gamine de seize ans. Un grand sourire éclaire alors son visage. Je n'y lis aucun triomphalisme. Mais du désir, simplement du désir.

Avant de m'asseoir, je leur tends à chacun le petit présent que je leur ai acheté hier.

— Ce n'est pas grand-chose... Je ne suis pas douée pour trouver des cadeaux aux gens. Habituellement, c'est Lexie, mon assistante, qui s'occupe de le faire pour moi.

— Elle n'était pas disponible, cette fois-ci ? raille Dakota.

— Dakota ! Ne sois pas méchante, ça ne te ressemble pas.

Elle s'apprête à se défendre, mais je ne lui en laisse pas le temps.

— Elle a raison de m'en vouloir, Antoinette. Le fait est que je ne m'intéresse pas aux autres. Tout ce qui compte pour moi, c'est de réussir dans mon métier. Depuis que j'ai l'âge de huit ans, mon père me répète que l'important c'est de gagner. Il faut croire que ça laisse des traces.

— Une biographie de Sissi ! s'exclame Antoinette après avoir ouvert son paquet. Avec des photos d'elle et de François-Joseph.

— Comme ça, vous en apprendrez encore plus sur elle.

Austin semble ému de découvrir le cahier de partition que je lui ai choisi. Avec une reliure en cuir, et ses initiales gravées. Quant à Dakota, elle repose sa thermos fleurie sur la table, sans un mot

— C'est pour tes soirées d'antenne. J'ai pensé que ça pourrait t'être utile. Je vous l'ai dit, ce ne sont que des bricoles...

— Pourquoi est-ce que tu es venue, Victoria ? me demande Dakota sur un ton néanmoins radouci.

— Je tenais à m'excuser. Pour de vrai, cette fois. J'y ai beaucoup réfléchi hier et... C'est vrai que j'ai été dure avec toi au lycée, Dakota. Et avec toi aussi, Austin. Le fait que vous soyez si sensibles m'insupportait. Je voyais cela comme une faiblesse. Je n'avais rien compris, à l'époque. En réalité, je n'avais toujours rien compris jusqu'à hier. Mais j'ai soudain réalisé combien j'étais seule. J'ai beau être fière de mon parcours professionnel, je ne suis pas heureuse. Je m'en suis rendu compte en passant quelques jours avec vous. En vous regardant vivre. En t'écoutant donner des conseils à tous ces inconnus à la radio, Dakota. En t'observant jouer de la guitare, Austin. En vous voyant perdre avec toujours plus d'enthousiasme aux échecs, Antoinette. C'est vous qui êtes dans le vrai. Et c'est moi qui avais tout faux. Je vous promets que, cette fois, aucun contrat ne m'oblige à être là. Voilà, c'est pour vous dire tout ça que je suis revenue.

Je suis prise de vertiges. C'est comme si une digue se fissurait en moi. Un déferlement d'émotions commence à m'envahir. Je déteste me sentir vulnérable, parce que je ne sais pas comment gérer mes sentiments. Je dois m'en aller, avant que le barrage complet ne cède. Je me lève et m'apprête à leur souhaiter à nouveau un joyeux Noël quand Dakota prend soudain la parole :

— Je te dois des excuses, moi aussi, Victoria. L'autre jour… ma réaction… Si j'étais en colère contre toi, ce n'est pas à cause de l'incident du centre commercial, non. Si j'étais en colère contre toi, c'est parce que tu m'avais convaincue de contacter Sacha. Et qu'à cause de ça, je n'étais pas là pour protéger ma grand-mère. Mais en fait, j'aurais plutôt dû te remercier de m'avoir poussée à lui écrire.

— Quand je vous disais qu'elle avait envie qu'il la touche autrement qu'avec des mots ! s'exclame Mounette. On ne la fait pas à une vieille gynécologue comme moi.

— Mounette ! s'offusque Dakota pour la forme avant de se tourner vers moi. Reste avec nous, Victoria, il y a à manger pour un régiment. Et si j'en crois mes antennes radar – qui sont par ailleurs beaucoup moins rouillées quand il s'agit des autres que de moi –, un certain individu de sexe masculin ici présent n'est pas insensible à ton charme, ajoute-t-elle avant d'esquiver un morceau de pain jeté par Austin.

Je me rassois, à nouveau rouge comme une pivoine, avec ma digue rompue, mon total manque de repères, mais aussi, étrangement, le sentiment d'être à ma place.

— Je meurs de faim ! J'espère qu'il y a encore de quoi faire des tartines confiture-saucisses, plaisanté-je.

— Il n'y a plus de saucisses, m'indique Antoinette. Par contre, il reste pas mal de tranches de jambon rôti au miel.

Trempé dans du chocolat chaud, ça peut donner quelque chose d'intéressant, peut-être ? Oh, il me vient une idée, ajoute-t-elle après quelques instants. Et si, après le brunch, on se regardait un petit *Sissi* ?

— Ah non ! m'écrié-je aussitôt sans réfléchir. Je préfère encore me refaire percuter par un bus ! Une partie d'échecs, plutôt ?

LUNDI 27 DÉCEMBRE

39
Victoria

Lorsque j'ai proposé d'aller chercher des croissants pour le petit déjeuner, j'avais espoir que l'on me réponde que non, ce n'était pas la peine, qu'on allait se débrouiller avec ce qu'il y avait dans les placards. Au lieu de ça, j'ai récolté trois grands « oui » et n'ai eu d'autre choix que de m'emmitoufler dans ma doudoune et de sortir affronter les -1 000 degrés extérieurs et la neige tombée dans la nuit.

Qu'est-ce qui m'a pris de proposer une telle chose ? À croire que deux nuits de suite raccourcies pour cause de sexe endiablé, cela finit par embrumer le cerveau. Il faut dire qu'hier soir, c'était… Est-ce que faire l'amour avec quelqu'un qui accélère votre rythme cardiaque rien qu'en vous regardant, c'est meilleur ? Indubitablement !

Ces deux derniers jours ont été pour le moins intenses. Un mélange de rires, d'émotions, mais aussi de sensations de vertige. Comme si la route toute tracée devant moi faisait place à un immense néant.

Pour la première fois de ma vie, je vis au jour le jour. Et c'est comme si, d'un seul coup, un champ infini de possibles s'ouvrait à moi. J'ai perdu tous mes repères, et cela m'inquiète autant que ça m'apaise et me grise.

Il me reste encore quelques jours pour réfléchir à tout ça. Quelques jours pour faire de moi une nouvelle Victoria. Garder le bon, abandonner le mauvais.

Malgré le froid qui règne, je suis aveuglée par le soleil, au point de devoir mettre ma main en visière alors que je traverse la rue pour rejoindre la boulangerie.

Un bruit de klaxon, aussitôt suivi d'un crissement de pneus.

Et puis, le choc.

Oh non, ça ne va pas recommencer...

* * *

Le lieu est comme dans mon souvenir, froid et désert. Mais, à la différence de la dernière fois, je sais ce qui m'attend.

— Madame Delmas ? m'appelle Elemire dans l'embrasure de la porte du centre de réhabilitation de Noël.

— Pardon, mais, comme la dernière fois, il n'y a personne d'autre dans ce couloir. Et comme c'est vous qui m'avez fait venir, vous devez bien vous douter que c'est moi, non ?

Impassible, Elemire attend que je la rejoigne. Ce que je finis par faire, non sans soupirer.

Elwing se tient derrière le bureau. On se croirait toujours dans l'antre du Père Noël.

— Vous êtes au courant que Noël est terminé ? Le temps ne s'écoule peut-être pas à la même vitesse ici, mais sachez que, chez nous, les magasins sont déjà presque en train d'installer les chocolats de Pâques en rayon...

Elemire me fait signe de m'asseoir avant de prendre place à côté d'Elwing.

— Avant de m'installer, je voudrais m'offusquer de la brutalité de votre mode de prise de contact avec moi. Se faire percuter deux fois par un bus en moins de quinze jours, avouez que ça ressemble un peu à de l'acharnement. Si vous n'y voyez pas d'inconvénient, je vais vous laisser mon mail pour la prochaine fois. Ça sera plus simple.

Elwing éclate de rire.

— Vous êtes vraiment unique en votre genre, Victoria, me dit-elle. Vous êtes sûrement née le lendemain de la distribution de l'empathie, mais je dois bien avouer que vous nous avez surpris. Vous êtes même allée au-delà de nos espérances. Avec ces cadeaux de Noël que vous avez achetés aux Lesage, vous avez fait pleurer Elemire comme une Madeleine.

Ladite Elemire ne semble pas très heureuse que l'on dévoile ce détail. *Bien fait pour elle.*

— Enfin bref, parce que vous avez fait preuve d'une volonté réelle et sincère de vous réhabiliter, nous vous annonçons que le contrat qui nous lie est désormais caduc. Par ailleurs, comme votre cas était quasi désespéré, notre supérieur a choisi de nous récompenser en augmentant notre budget de fonctionnement.

— Quelle volonté ? Il ne vous aura pas échappé que je n'ai jamais vraiment eu le choix ?

— Si, vous l'aviez. Peut-être pas au début, je vous l'accorde. Mais tout ce qui s'est passé depuis le 23 décembre est uniquement de votre fait. Et nous n'en sommes pas peu fières, croyez-le. Les excuses que vous avez faites à Dakota sont parmi les plus émouvantes que nous ayons entendues. Je vous déclare donc officiellement réhabilitée ! Voici votre certification, me dit-elle en me tendant un document tamponné en bonne et due forme.

— « Officiellement réhabilitée » ? Ça veut dire qu'il n'y aura plus de crise cardiaque ?

— Non.

— Plus de bus ?

— Non plus.

— Et j'imagine que je dois vous croire sur parole ?

Elwing me sourit, se lève, puis me tend la main.

— Ce fut un plaisir, madame Delmas.

Elemire claque des doigts, ma vision se trouble l'espace de quelques instants, et je me retrouve au beau milieu de la rue, emmitouflée dans ma doudoune. J'ai à peine le temps de faire quelques pas en arrière pour éviter le bus qui arrive à ma droite. À son volant, j'aperçois le chauffeur qui vocifère.

Je tiens toujours le document remis par Elwing. Mais soudain, un coup de vent me l'arrache des mains et, avant que j'aie pu esquisser le moindre mouvement, il disparaît au loin.

J'en étais sûre ! On ne peut pas faire confiance aux elfes maléfiques.

Mon portable vibre alors dans mon sac à main. Un message d'un numéro inconnu s'affiche sur mon écran.

Si, vous pouvez.

Joyeux Noël !

E & E

REMERCIEMENTS

Vous tenez entre les mains mon dixième roman. Le dixième… Moi qui m'étais autopersuadée que je n'avais pas l'imagination nécessaire pour être romancière…

Dix fois donc que je me prête à cet exercice ô combien important pour moi que celui des remerciements. Alors, c'est parti !

Pour faire un roman, quelques ingrédients sont nécessaires. Il faut tout d'abord une autrice (moua ☺) et un éditeur. Mais pas n'importe lequel, un éditeur enthousiaste et impliqué. S'il aime les comédies de Noël, c'est encore mieux.

Merci donc aux éditions Fleuve de m'avoir accueillie en 2021 avec tant d'envie et d'ambition et de m'avoir soutenue dans ce projet toujours un peu fou de publier deux romans par an.

Derrière le nom d'une maison d'édition, il y a toute une équipe, et quelle équipe ! Florian Lafani, Estelle Revelant, Hanna Chabchoub, Laurence Poutier, Alexandra Wagnon, Thomas Girault, Maryannick Le Du, Willy Gardett, Anne-Sophie Millet, mais aussi tous les représentants qui portent haut les couleurs de la *Hiiiiii attitude by Carène* auprès des libraires.

Mention spéciale à Florian Lafani qui continue de répondre à TOUS mes mails, même lorsqu'il est 23 heures et que je lui propose mille titres pour la comédie de Noël que vous tenez entre les mains.

En principe, il aurait également dû y avoir dans cette liste une certaine Émeline Colpart, mais elle m'a lâchement abandonnée pour une raison somme toute discutable : une grossesse et un congé maternité. Par mesure de représailles, Émeline, j'ai réintroduit deux adverbes dans ce paragraphe !

Pour soutenir la maison d'édition, l'idéal est d'avoir un second éditeur, pour donner une deuxième vie aux romans en poche. Qui de mieux que Pocket pour tenir ce rôle ?

Merci à Perrine Brehon qui me fait toujours autant rire et avec qui j'aime toujours autant déjeuner. Et bien entendu, merci au reste de l'équipe.

Deux maisons d'édition, qu'est-ce qu'une autrice pourrait souhaiter de plus ? Un agent ? Ça tombe bien, il se trouve que je travaille avec la meilleure ! Merci, Andréa Field, pour ton regard aiguisé et ta présence à mes côtés. Merci à toi et à toute l'équipe de Librinova.

Une autrice, un agent, deux maisons d'édition, voici donc les ingrédients pour publier un roman. Mais pour qu'on en soit au dixième, il faut des lecteurs. Beaucoup de lecteurs. Et j'ai cette immense chance d'en avoir, et de toutes les sortes ! Des fidèles, des jeunes, des moins jeunes, des femmes, des hommes (si, si, il y en a), des bienveillants, des drôles… et des complètement dingues, capables de faire deux heures de route pour venir me voir et m'apporter un carton rempli de cadeaux pour un calendrier de l'avent… de mai ! (Eva, celui-là, il est pour toi !)

Parmi ces lecteurs, il y a aussi des libraires, passionnés et passionnants, des blogueurs/booktubeurs/bookstagrameurs, talentueux et investis, et des bibliothécaires, toujours de très bons conseils.

Les maisons d'édition, l'agent, les lecteurs, rendent une autrice heureuse, mais cela n'aurait pas la même saveur sans les amis et la famille.

Je ne suis rien sans les gens que j'aime et rien de tout cela ne serait possible sans eux. Inutile de les citer, ils sauront en lisant ces mots combien je chéris nos échanges (par texto, tous les jours, et parfois plusieurs fois par jour, via les réseaux sociaux et, quand la Covid ne joue pas les empêcheurs de tourner en rond, en vrai, autour d'un bon repas).

Deux maisons d'édition, un agent, des lecteurs, des amis, rien de tout ça n'aurait de sens sans celui qui partage ma vie depuis que j'ai dix-neuf ans. Et je ne vous dis pas que j'en ai quarante et un…

Merci à Benoît, encore et pour toujours l'homme de ma vie.

Composition et mise en pages
Nord Compo à Villeneuve-d'Ascq

CET OUVRAGE
A ÉTÉ ACHEVÉ D'IMPRIMER
SUR ROTO-PAGE
PAR L'IMPRIMERIE FLOCH
À MAYENNE EN OCTOBRE 2021

N° d'impresssion : 99217

Imprimé en France